一只乌鸫在歌唱
R. S. 托马斯诗选

Selected Poems of R. S. Thomas:
1945-2000

[英] R. S. 托马斯　著

李以亮　译

北京联合出版公司
Beijing United Publishing Co.,Ltd.

目 录

不是因为他带来了鲜花（1968）

嗯哼（1972）

老与少（1972）

何为威尔士人？（1974）

v

回声缓慢（1988）

复调（1990）

艰难时期的弥撒（1992）

田间石（1946）

走出群山

梦想聚集在他蜡黄的头顶，
黑如卷发，他走来，跟随牛群
从饥饿的牧场缓步走来。他从双肩
抖落天空的重量，狂风的鞭痕
在阳光的疗效下正在痊愈。
牛群呼出的气息，令空气浓烈刺鼻，
想起夏天的甜蜜，潮湿的小路在面前延伸
仿佛蔚蓝的小河流淌；这传奇的小镇
梦见他的到来；慵懒的商店里
睡意在半睁的眼睑下磨洋工，饮尽最后
几大杯黑暗后，多事的光
把它裹上烟囱，就消失了。

大山的影子在收缩；他蜕皮的眼睛
蜕去冷漠的忧虑后闪闪发亮。日子是自己的
可以随意染指，快乐如蛐蛐儿，
一支硬币的合唱团在破烂的口袋里歌唱。
我们要不要尾随他，见证他在冷漠的街道上
迅速解开裤子？见证他灵魂的坚硬
突然解体，燧石与霜一般的传统风纪

消融在一阵多愁善感的滑稽笑声里？
见证啤酒杯子敲响不同的钟点，
清澈的语言之溪被污染而浑浊？
不，在这等等他吧。他会在午夜归来，
穿过那条隧道，他所有的恐惧
都将在那里迎来黎明。做他回家的
指路牌吧。大地是耐心的；他没有迷路。

农 民

我们姑且叫他伊阿古·普拉瑟克吧，

不过是威尔士荒山中一个普通人，

在云山深处圈养了几只绵羊。

囤积甜菜饲料，从黄色的菜筋

削下它绿色的皮，然后满足地

咧嘴痴笑；或者翻开粗粝的土块

把荒地变成坚硬的云海在风里闪光——

就这样打发着日子，偶尔纵情欢笑

可是不常见，比一个星期内太阳

裂开阴沉的天空次数还少。

夜晚看见他呆坐在椅子上

一动不动，除了倾身向火里吐一口痰。

头脑的空白里有一种可怕的东西。

衣服因为流汗因为跟牲口

接触而散发臭气，这原始的状态

震惊了那些矫揉造作的雅士。

然而，他却是你们的原型。一季又一季

他顶住风的侵蚀，雨的围攻，

把人种保留下来，一座坚固的堡垒，

即使在死亡的混乱中也坚不可摧。

记住他吧，因为他也是战争中的胜利者，

在好奇的星辰下如同一棵大树历久弥坚。

格林杜尔[1] 起义

男人们，横眉怒目
而声音浑厚，都在那里，
还有女人，头披长发
仿佛渡鸦和白嘴鸦的绝望。

风醒来了，火光像狐狸似的
潜行在林中空地；
星星被遮蔽，月亮不敢
用黄色的辫子激怒黑暗。

就在那时他讲话了，愤怒点燃
每一双忿恨的眼睛；
剑和矛控诉头顶的苍天，
树林中回荡激昂的吼声。

野兽狂龇，仓鸮尖叫，
每支队伍，都在发出
殊死一搏的呐喊。
那种阵势，涌动在夜里，仿佛雷暴。

1　欧文·格林杜尔（Owain Glyndwr，约 1354—约 1416），
威尔士的民族英雄，他在 1400 年发动起义，反对英格兰的统治。

一个牧师对他的教民说

山里的男人，浪荡子，威尔士的男子汉，

你们的羊你们的猪你们的小马，你们流汗的女人，

我是多么憎恨你们，因为你们的不敬，因为你们

对于高雅艺术和神圣教会的轻蔑，

我，我的谩骂如烈火喷射

却总是熄灭在你们的冷视里。

硬骨头的汉子，从苦涩的沼泽挣脱出来，

还未抖落你们野蛮颅骨上的青苔，

还没有以你们的双眼祈求泥炭，

像一头母羊或虚弱的阉羊，你们是否觉察，

我的真心正游荡在一片谎言的树林

仿佛被难缠的飞蝇驱赶而进入灌木丛？

你们是粗俗而无礼的，你们突然爆发的笑声

却是锐利而欢快的，像密云飞涌

像大风击打的池水；

教会与学校的所有苦心经营

不能削弱你们不敬神的行为，

或是给你们狂放的灵魂套上缰绳。

你们是贫乏而多余的，但你们的力量

却是对那黑封圣书上苍白言辞的嘲弄，

你们的双手，浸泡在世界的血里

为什么要像麻雀一样祈求面包屑？

我责备过你们对于韵律和商籁体诗的无知，

对于画家的技艺缺少尊重，

但我知道，如同我听出，你们的话语中

有着诗的源泉，溪流一般清澈

从双唇间汩汩流出；怎样的绘画

能等同于你们简朴的山居生活？

你们会原谅我那时候的恨意吧，

当初我的确难以忍受你们粗野的方式。

对我所给予的一切无动于衷，

无论责备还是赞美，你们全不在乎。

你们跟你们的猪你们的羊你们儿子以及你们庄重的
　女儿

仍将继续展开你们的日子

在粗制的壁毯上在嫉妒的天堂下

冲撞着迷惑着并强烈吸引我的凝视。

一亩地 （1952）

山区人口锐减

走吧，走吧——门下的裂缝
是大风借以发声的嘴
甚至更严厉；时代
潮湿的手，在墙上忙碌
以模糊的文字涂抹
憎恨与恐惧的信息。

走吧，走吧——在夏季
结束时，下起冷雨——沼泽上
没有路；带着轮轴的泥浆
冬天来了。

走吧，走吧——打过补丁的屋顶上
雨滴，没日没夜地落下
撑起天空的重负也在下沉。

大地是否帮助过他们，时间是否善待过
这些最后的幸存者？春天的草
是否治愈冬季的摧残？那些野草
曾经毁于寒流的侵袭，

现在又生长，像烟囱里冒出的烟，
在小树的荒林中一路蔓延。
这是大自然的玩笑，古老的船体
只剩残骸，两侧开裂，毫无欢乐可言。

农民之死

记得戴维斯吗？你知道，他死了，
面朝墙壁，跟威尔士山区
这个贫苦农民在田间地头
劳作时一样。我记得他那间房
板石瓦的屋顶，沾着雪泥的
一张大床，他躺在上面，
三月中旬凛冽的天气，
孤零零的，像头生病的母羊。
我还记得，困在这里的大风
撕扯窗帘，狂野的光
在空地板上一次次发狂，
地板上没有毯子
也没有脚垫减缓邻人的踩踏，
他们不安地踏过疏松的木板
瞧着戴维斯，说些生硬的话，
空洞的安慰，然后无情地转身
离开，离开那阴湿的墙壁
与死亡合谋而散发出的腐气。

威尔士历史

我们是一个渴望战争的民族；我们的山

不再坚固，稀薄的野草

给它们穿上暖衣，胜过粗服

裹在我们瘦小的骨骼上。

我们战斗，却总在撤退之中，

像雪融化在莫尔岭[1]的

山坡；陌生人却从不知晓

我们的终极立场，

我们在茂密的树林里，伴着竖琴

有力的鼓舞，朗诵诗句。

我们的国王要么死了，要么

在浅滩上被谋害，因为古老的背叛。

我们的诗人被毁灭，被流言蜚语

逐出贵族的大厅。

我们是传奇滋养的民族，

靠火红的昔日温暖我们的双手。

---

1 莫尔岭（Mynydd Mawr），在威尔士阿伯达伦地区，现为
著名的景区。

大人物羞耻于我们的破衣烂衫
它们却倔强地黏附在那棵血统和出身的
骄傲之树上，我们精瘦的肚子
和土坯房就是一个证据
证明我们生活的愚笨。

我们是这样一个浪费自己的民族，
在效忠主人的徒劳战斗中，
在一片我们无权过问的土地上，
对抗那些我们并不憎恨的人。

我们曾是一个民族，现在也是。
等到我们为桌子底下的面包屑
吵完架，或者啃起死去的
文化的骨头，我们将会站起来
在新的黎明，互致问候。

威尔士风光

生活在威尔士，会感到

黄昏时分，天空发狂，

仿佛鲜血四溅，

染红洁净的河水

和所有的支流。

也会感到，

盖过轰鸣的拖拉机

和嘈杂的机械

在森林里有战斗，

响鸣着疾驰的飞箭。

你不能活在现在，

至少在威尔士不能。

语言是一个例证，

柔和的辅音

听起来就奇怪。

暗夜里有叫声，

猫头鹰回应着月亮

和黑影的伏击，

蹲在田间地头默不出声。

威尔士没有现在，

也没有将来；

这里只有过去，

一些微不足道的遗迹，

风雨侵蚀的塔楼和堡垒，

虚假的鬼魂；

崩塌的石场和矿井；

一个虚弱的民族，

由于近亲繁殖而衰弱不堪，

在一支旧歌的骸骨上捣腾。

告别词

你让我失望，农夫，我担心你或许

虚度时光，像我见到你那天，跟牛群一起，

你也是其中一员，但微笑

洒在你的脸上，朦胧如月光，

来自某个模糊的源头，我不懂它的性质。

群山优雅，阳光覆盖它们

带着野性的美，看着你

从露水的海洋

慢慢醒来的样子，所以我想，

你自己生来拥有同样的美。

我现在知道了，虽然你的恶意或狡诈

多次刺痛我，比冰雹

还伤人，比成天对着你笑

转而却投来白霜

更加背信弃义，你的粗鲁

与大地无关，在这里一切都被宽恕。

在晴雨交替的季节循环中，一切

都会得到报偿，治愈历年的创伤。

不自然，不人道，你的野蛮方式

律法不容；你被谴责

是考虑到你作为人的潜在地位。这两样

可以弥补你的无知，挽回你的美

荣耀——这也是树木和鲜花努力传授给你的，

却从来不属于你，你对它们紧闭心扉。

你对鸟类温柔的影响

充耳不闻，宁可喜欢黏稠之血

沉闷的音调，刺耳的尖声，喉咙的黏液

讨厌的响声，邻里间

浅薄的琐碎谈话。

      为此，我离开你

独自在你贫瘠的地块上，把几个小钱

塞进袜子给你当枕头

度过等着你的漫漫长夜。

农村孩子

瞧瞧这乡村少年，满脑子他
认识的鸟巢，口袋塞满鲜花、
蜗牛壳和玻璃碴，光阴的果实
任由蒺藜与蓟丛挥霍在田间地头。
瞧他的眼睛，隐藏着风信子；
别忘了太阳如何让光滑的脸长出雀斑，
像一颗雀蛋，在那头乱发的丛林下
风吹雨淋，此刻却在垃圾堆里
好一副架势；大地以不为人知的
恩典把他养育，召唤他走向那副倔强的犁。

岁月流转之歌（1955）

孩子们的歌

我们生活在自己的世界，
这世界太小
你们无法俯身走进
即便手脚并用，
采取成人的把戏。
虽然你们分析的眼光
探头探脑，
并偷听我们的谈话
带着一副有趣的表情，
你们找不到我们
跳舞的地点、玩耍的地点，
那里，生命还沉睡在
还未绽放的花朵之下。
一个凹陷的鸟巢里
一枚枚光滑的卵壳
嘲笑着你们，那遥远的
天堂的褪色的蓝。

农 村

很难说是一条街，房子太少，
配不上那名称；只有一条小道
从唯一的客栈到唯一的商铺，
通到山顶就消失了，
山不高，绿草的波涛
长久侵蚀着它，
杂草不断蔓延，越来越接近
代表过去时光的最后据点。

很少发生什么；一只黑狗
在烈日下咬跳蚤
就算历史事件。不过有个少女
挨家挨户走过，那步伐
超越了这平淡日子两个维度。

保持原状吧，村子，因为围绕着你，
缓慢转动着一个世界，辽阔
而富有意义，不亚于伟大的
柏拉图孤寂心灵的任何构想。

为普拉瑟克一叹

当我年轻的时候，当我年轻的时候！
可你年轻过吗？普拉瑟克，富有的农民：
牛栏里的奶牛，围栏里的绵羊，
每只母鸡下的棕色的蛋，
谷仓渗出玉米像流出蜂蜜。
现在你老了；时间的纹理
落在你的脸上，我们才分辨出
你的一生都是谨小慎微
造成的，写在你的愁眉上。
你的心灵干枯如一片枯萎的树叶
经过严霜的残酷化学作用
徒劳地粘连着光秃的枝条
四月的鸟儿曾经在那里歌唱。

岁月流转之歌

雪莱梦见过它。现在梦想破灭。
支柱坍塌。熟悉的道路
连同泪水变了味，被踩在脚下。
心灵的花朵从根部枯萎。
埋葬它吧，埋进历史贫瘠的尘土。
悠悠岁月将驯服你黄褐色的欲望。

爱情欺骗过他；有什么可说的，
——头脑以更巧妙的方式将你
带向这种绝望？迷失在世界的森林
你无法止住鲜红的经血。
大地生病了；在赤裸的树枝下
寒霜成为你破碎誓言的倒刺。

祝福吗？光的奇异恩典
为了奇怪的联姻，给这遭重创之地
披上寒冷的光彩。风中，人的声音
编织花环，却犯下凡人的罪。
冬天使人腐烂；是谁该受责难？
新草，将用它的火焰净化你们。

侵入农场

我是普拉瑟克。请原谅，我不明白
你在说什么。对于我，你的思想
流动得太快，我无法跟上它们的
节奏，并在迅速的水流中，用粗糙的
手指垂钓。我独自一人，暴露
在自己的田地里，无从避开
你锐利的眼睛。我，几分钟前
跋涉在翠绿的草丛，感到这古老的农庄
温暖得像我的一个大袋子，世界的
冷风刮着。打过补丁的门
一旦敞开，就再也没法合上。

牧师与农民

你病了，戴维斯，病在脑子；
陈旧的溃疡，对于你这样的人
非比寻常，它已荒废你的大脑
快乐和美感方面
潜在的丰富性；你的身体长成
畸形，像根老刺，因为在土里
扎得不深；病就在那里
慢慢伸开真菌般的
小舌头，变厚，肿胀
扼死你，而你不多的叶子
还是绿的。

   你就是这样在水田里
劳作，忍受着痛苦
和孤独，像一棵树忍受
夜晚的黑暗，白天的雨水；
我看着你时，为你祈祷，
好在上帝的银行里
使我的信用有所增加，
他见你受苦，见我为你祈祷
便以太阳的光芒抚摸你，

这没有治愈你，却使我的眼睛失明

他封住我的嘴，如同从前

专横地封住约伯的嘴。

回 家

回家就是回到：
清凉草地上的白屋，
透过影子的薄膜，闪亮的
河水，宛如小屋的镜子；

炊烟自屋顶升起，
直抵一棵大树，在它的枝条间，
最初的星星在那里重温了
时间、死亡、人之誓约的主题。

一个威尔士人对游客说

我们没有广阔的东西提供，
没有沙漠，除了心智的侵蚀
形成的思想荒地；
没有大峡谷，长出翼手龙的
翅膀，像影子一样落下。
当然，我们的山是美的，
蓄着水的胡须，暗示年代久远，
到处都是溶洞，其中一个
便是亚瑟王的寝舍；
他和他的骑士，是明亮的矿石
缝合着我们的历史，
羞耻使他们长眠于此。

在乡村教堂

没有任何话语给那个跪着的人，
只有风的歌使庄严的圣徒的嘴唇
更加悲伤，在玻璃框里更加伤感；
只有看不见的翅膀干涩的飒飒声
在高处的屋顶，来自蝙蝠，而非天使。

是寂静妨碍了他吗？他跪了许久，
他看见荆棘燃烧的黑色的
宝座上的爱，和一棵冬天的树
金黄的果实，那是一个人的身体。

此路不通

一切都是徒劳。我将不再
长久地专注于耕犁，
驯服和野生的生物
那与土地结为一体的人。
经过这么多年，我也没有能
让真理诞生；
自然的简单方程
不适合思想的领域。

何去何从？时光流转
大地经受着冬天必然的
耻辱；绿色之地的
古老谎言却从那新世界
仍然召唤着我，丑陋而邪恶，
人们以真理之名刺探的那个世界。

夜饮谈诗（1958）

伊文斯

伊文斯？是的，多少次我
沿着光秃秃的楼梯走下，
进入他简陋的厨房，那里
柴火燃烧，蟋蟀歌唱，
伴奏的是黑色的水壶
它的呜咽，就这样熬到
深夜，顶住了飘散在
四壁之间的重重寒意
在他山脊上荒凉的农庄。

不是扑面而来的满目黑暗
使我胆寒；甚至也不是
从那饱经风霜的树上洒落的
雨点，鲜血一样；而是另一种黑暗
淤积在那个病人的血液里，
我离开了他那阴郁的卧榻
那被困在茫茫寂寞海岸的病床。

绿色范畴

你从没听说过康德，对吧，普拉瑟克？
一个奇怪的人！关于你这里的生活
他会怎么说？远离有关
二律背反的论战，也远离
面对它自己造成的世界时
头脑的不确定性？

        这里一切却都是确定的；
事物的存在扎根于肉体，
石头，树木和花朵。即使你在低矮的房间
睡着，黑暗的荒野仍然
在给原木施加压力。空间和时间
不是你的意志所能强制的数学，
而是你的心灵发现的
一本绿色日历；否则，你怎能
找到回家的路，或知道何时会死？
像那些耐心十足的人一样，他们
在荒野的深潮中竖起了这个地标。

他的逻辑可能失效；你的头脑也会
突然暴露在天才的寒风中，

瑟瑟发抖。然而,在夜里

在你的小花园,篱笆隔断荒野

不断的侵犯,你的思想大可自洽地

分享你的信仰,在一颗星辰蓝色的火焰之上。

年 龄

农夫，你也曾经年轻。
她就在那里，等着，一朵独特的花
只有你在自己经历的
荒野才能找到。
她被采摘，变成温暖的女人
你的双手曾想象
在春天的田野爱抚泥土。

她能生养；四个强壮的儿子
像六月的玉米，站在你身边。
但是农夫，你珍惜过她吗？照顾她
就像对待自己的肉体？这枯秆
昔日借助它，低吟悲伤的歌曲，
这是你快乐播种的收获吗？

如果说你曾在这土地上
挥霍太多岁月的储存
你也给过她一天，却是作为休耕地，
让她枯萎，变硬，干枯成荒地。
而现在——太晚了！你已是一棵老树，
你的根，在她身上徒劳摸索。

水手诗人

他的第一艘船；最后一首诗；
中间，大海多么动荡，
陆地却总是伴随着肉体的退潮，
盐似的骨骼上缓慢的波涛。

但不要太苛刻；所以，要写
哪怕用烟雾，在险恶的天空上写，
或者从这样的海平线上，将一首诗
安全地带回港湾，都是不能被蔑视的。

窗外的风景

摆在你面前，像一幅画，

恒久、不那么易碎；色彩

随着光和距离的改变

每日更新，没有哪个画家

能做到，或打算做到。只有运动、

变换，那么缓慢，比如云的青瘀

被阳光治愈，黑色的心情

被白雪覆盖；傍晚的金黄

最是提振心灵。纵观历史

那支伟大的画笔从未歇息，

颜料从未变干。然而，怎样的眼睛，

会漠然观望，或者如我们此刻

透过泪水的镜头，见过

这幅作品，而它还没有完成?

艾普·休的约定

有四首诗必须写，
写给我生命中四个人：
父亲、母亲、妻子

和孩子。让我开始吧，
从她纯洁无瑕的额头；我的妻子；
她爱我。我知道这爱有多深。

我的母亲，她以乳汁慷慨地
哺育了我，后来却变得吝啬，
因为嫉妒我超然的笑声。

我的父亲是个充满激情的人，
离开大海后，在她的爱之浅滩，
他失事。我看着他的忧伤。

关于我的孩子，该怎么说？
高大，英俊？他还年轻；
愿他的双脚远离这世界的罗网。

诗人之死

现在他躺在平坦的床上
最后一次，透过沉重的眼睑
木然地看着，这日子的颜色
使天空成了寡妇，他能说些什么
值得被记录，所有的书都打开了，
笔也备好，所有的面孔都悲伤，
正肃穆地等着他疲惫的嘴唇
动一次——他能说些什么？

他的舌头挣扎着战胜浓痰
勉强说出一个字；没有长句、没有短语
提供给那天的新闻，只有一声"抱歉"；
抱歉说过谎话，抱歉在诗坛的混战中
长久地落败；抱歉他喜欢
心灵的轻松节奏
胜过大脑的韵律分析；抱歉死了
没有留下遗嘱，没有留下任何东西
除了几首歌，冷得像石头
在那双要求面包的瘦弱的手中。

一只鸟鸫在歌唱

好像哪里搞错，这只鸟，
漆黑、大胆，仿佛一个暗示——
关于它幽暗的住所，如此丰富的
音乐，仿佛它明亮的喙，从那里来，
矿石变成一种稀有金属
轻轻一碰，能将音符点石成金。

你经常会听到它，在青春的四月
独自伏案，你的思绪
离开本来的工作，被它甜蜜的干扰牵引，
它就在和煦的夜里，在你的房间外。

一个缓慢的歌手，每句歌词
却都富于历史的弦外之音，爱、欢乐、
悲伤，那是他的幽暗部落
在另外的果园学到，并且
本能地传承至今，
却永远新鲜，总是伴随着新的泪水。

夜饮谈诗

"听着，诗歌本应该自然而然，
像小小的块茎，以粪为肥，
在迟钝的土壤中慢慢生长，
最后开出不朽的白花。"

"天然？见鬼去吧！乔叟是怎么说的？
作诗需要长久的辛苦，
那就好比是作诗的血液，
交给自然，诗便会杂乱无序地乱爬，
像枯草一样无力，又怎能穿透
生活的铁壳。伙计，必须流汗，
苦吟到断肠，如果你想给你的诗歌
建造一个天梯。"
　　　　　　　"你说这话
好像阳光从来没有突然照亮过
在阴云密布的小路上摸索的心灵。"

"阳光需要窗户
才能进入黑暗的房间，
窗户却不是天生的。"

就这样，两个老诗人
在烟雾腾腾的小酒馆里，
拱肩喝着啤酒，周围人声嘈杂，
夸夸其谈，用的全是散文。

伊阿古·普拉瑟克

伊阿古·普拉瑟克，原谅我这样叫你。
你看起来那么遥远，在你的田地里
远离世界的眼睛，在云的边缘
磨利你的刀刃，没有人告诉你
我怎样取笑过你，或者同情你的
自言自语，蜷缩在迟缓而耐心的
外科手术室，在十一月的
太阳之灯那微弱的光线下。

取笑你？那是他们粗野的指责，
因为我拿你的破衣烂衫
做过主题，我让他们看见
你简陋的思想；科学和艺术，
这头脑的家具，无缘成为
你思想的装备，因为自然的
强大气流，横扫了你的头颅。

好笑？怜悯？没有什么言语可形容
我的真情实感。我路过，然后见到你
在那劳作，黑色的身影，仿佛

一个荒凉的问题，破坏了田野单一的构图。

我的诗，写在它长长的阴影里

冷冷地落到这纸上。

遇见一家人

约翰一号在餐桌边就座，
他是这寓言的第一部分；
他的眼睛干涩如一片树叶。
看看他，就理解了悲伤。

约翰二号站在门口
不会说话；你以前见过那张脸
从幽暗的过去探出来，
备受思想的冲击波折磨。

约翰三号还在外面
口水淌下之处，日光消逝在
潮湿的石子上，双手交叉
像在哀悼失去的玩伴。

约翰老爹和他清瘦的妻子
共谋生下了这每一个
被嫌弃的胎儿，从墙里张望，
好像死了却没有离开。夜幕降临。

稗草（1961）

幽深的井

他们就是那样看你，
一个没有名字的贫民，
耕耘云天，播种风雨
随着海鸥的尖叫声结束一天。
对于我，你就是普拉瑟克
教会我的超过任何人——
在需要之时我愿献出我的仁慈。

有两种饥饿：对面包的渴望
与粗野的灵魂对光明之恩典的
渴望。我都看到了，
并为放纵的世界之耳
选择了一个人的故事，
他被紧锁的生活之门
挫伤了双手；他的心灵比我
更充实，充满泪水，仿佛幽深的井
从那里可一滴一滴提取出
他那个类型的可怕的诗。

沃尔特·里沃奇

如你所知，我是沃尔特·里沃奇，
出生在威尔士，我的亲生父母
都是粗脖子、圆屁股，
注定是阴雨连绵的采石场
滋生的慢性病毒的猎物。

降生在秋天，恰逢其时
听本地老人嘶哑地讲述
——他们还梦想着夏天，
我把听来的故事堆在自己
幻想的壁炉，制造一团火焰
温暖我自己，却只是
让烟酸给眼睛带来的
虚假的泪水刺痛。

连月的雾霾，连月的细雨；
思想被裹进种族和地域
灰色的茧，等待着太阳
到来，可当太阳升起，
用滚烫的手抚摸群山，

展开翅膀，却绕着窄笼
飞了一圈又一圈，或者
徒劳地敲打天空之窗。

平日里上学，礼拜天上教堂：
不会有比这个更美好的
传说，因为另外有人证实
没有死亡护照，他们把水果
送回家，供自己品尝。

沃尔特·里沃奇——这只是一个名字
写在一封遗失的信上，永远不会抵达
那人手中，他等着，在生命的队列里
队列蜿蜒在威尔士的一个山谷。

像其他人以前所做的那样
从教堂后排长椅，选娶了一个
妻子，我宁愿与她分担
冬季夜晚的雨，而不侵扰
她苍白的身体；然而我们
躺在一起取暖，大笑着听
每一个新生孩子绝望的哭声。

家 谱

我是长长的幽暗石洞的

居住者，我在石壁上用线条

刻画了牛。我的手最先成熟，

后来转向暴力：我是守候在

冷酷渡口的那个人，

怨恨是我的武器，湍急的小河

记得日落时原始的罪行。

那恶行追逐着我。我是国王，

从教堂锁孔，窥视到死亡

大步向我走来。从那时起

我为权利而战斗，跟傲慢的首领们，

在宽泛的条约上签下我的名字。

我同威尔士贵族们向博斯沃思[1]进军，

1　著名古战场。"玫瑰战争"在此打了最后一仗，亨利·都铎
打败理查三世，取得英国王位，开始了都铎王朝的统治。亨利·都
铎的祖父是威尔士人。

大获全胜，却又后悔了
在森林的深处白色的屋子里。

我是新建小城的陌生人，
泪水的钱包很快被花光，
于是塞进一枚更实在的硬币，

取自黑暗的来源。现在
我站在短暂白昼的刺眼的光线里，
没有根，却长出许多分枝。

周年纪念日

十九年了
在同一顶屋檐下
吃着同样的面包，
呼吸同样的空气；
如果有一人叹息，
另一个也能领会，
只需一个眼神
融化怀疑。

十九年了
共享生活的桌子，
绝不第一个说
这顿饭太长了，
我们在舌尖上
仔细平衡着它，
小心维护
严格的口味。

十九年了
操持简单的家，

敞开大门

面对朋友和生人；

打开子宫

轻柔地让一个

饿极的

孩子进入。

音乐家

对克莱斯勒[1]的回忆：

就在这城市的某场独奏会上，

座无虚席，我发现自己和其他几个人

被推动着走到表演台前，

那么近，我看得清他脸部肌肉

辛苦的工作，脉搏像只飞蛾

在优雅的皮肤下颤动，

光滑额头上是令人难忘的青筋。

我还能看见手指抽搐，

临时患上艺术的神经官能症，

当我们在那里端坐或热烈鼓掌时

这位演奏家，却为我们每个人

在乐器上正如此优美地承受痛苦。

所以，一定也是这样

在骷髅地[2]荆棘的光轮更猛烈的照射下：

1　弗里茨·克莱斯勒（1875—1962），出生于维也纳的美籍
小提琴家和作曲家。
2　骷髅地，耶稣被钉上十字架的地方。

人们站在一旁，却只有一个人，

双手流血，心灵被挫伤却依然很镇静，

创造出生命一般安静的音乐。

没有人敢去打断他

因为他演奏的是他自己

上帝也在倾听，比所有人靠得都更近。

审判日

是的，我就是这样的，
我认识那张脸
那枯瘦的外形
没有肉体
或肢体的优雅；
健康时快乐，
毫不在意
世上的病人
或世上的穷人；
痛苦时畏缩——
主啊，再朝那悲伤的镜子
吹一口气，
让我永远迷失
在你的薄雾中
而不是在自己
如此荒凉的倒影中，
让我双膝跪地
回到起点
慢慢解开
系在那里的
生命的结。

阿伯索赫岬角

岬角就在那里，在海上沉睡，
雷声轰鸣，远处的天空
被闪电撕碎；一个少女
骑自行车，头发半垂，
人们抽烟，小艇停在平静的
潮水上。人们都在忙着
自己的事情，风暴
由远及近，越来越大，没有止息。

为什么我记着这几件琐事？
只是生活的谣言，而非生活本身？
在风暴肆虐的地方，生活却过得如此激烈？
因为那少女的微笑？
——虽然她并非冲着我。因为抽烟的人
他们脸上有着安详的表情？

太迟了

我本想放过你的，普拉瑟克；
你就像我的孩子。
我本该看出来，你的穷困，破衣烂衫，
既不富裕，也不自由。

风和雨是你严厉的主人；
我知道你在它们鞭笞下畏缩。
可是，至少在日暮时，会有安慰，
在温暖的余烬边上梦见

一盆泥炭之火，在山间农场。
满足于习惯上定量的
面包和熏咸肉，从古老民族的
成员身份，汲取你的力量

不习惯乞求。但瞧瞧你自己吧
现在，一个奴仆，受雇用，
从乏味的泥土刨出命来，
或者像只狗一样，温驯地

听从英镑的哨声。难道你看不出来
时代之脸的笑容背后
冰冷的机器之脑
就要摧毁你和你的种族？

异 类

A gofid gwerin gyfan Yn fy nghri fel taerni tan.

Dewi Emrys[1]

我长久注视着这片土地

试着理解

我在这里的位置——为什么，

如此肥沃的国土

自由的空间却如此之狭小，

如同狭窄的子宫

从存在的虚空中

最后收留了我。

厌恨的成长颇费

时间，我的厌恨

从出生起就在增加；

不为这野蛮的大地，

它是强健的，干净的，

---

1 题词意为"所有人的痛苦，在我如火一样哭泣里"。诗句引
自戴维·埃姆里斯（Dewi Emrys，1881—1952），他是著名威
尔士诗人。

而且质朴，一如这个词的本义，
没有一本书讲述
心与脑的

战争，任凭
野鸟吟唱它们
最好的歌；我发现
我对同类的这种厌恨
针对威尔士人中一些人，
他们一脸幽思，愤愤盯着
细长的肚脐眼
盘算有些什么东西可以出售；

但也不是他们所有人，
仍然存有一些异类，
那些草海上的
漂流者，那些呼唤我的人，
坚守他们命定的农场；
他们的心灵虽然粗糙，却温暖而
坚定，他们穿越时间的
缓慢航迹，为了我们而流血不止。

见 识

戴维斯，活到了
八十五，而且还活着
经历了岁月的
缓慢的摧残与背叛。

悲惨？鬼才相信！
雨的灵车，风的拉扯
未必能将我
从欢笑的高枝拽下来。

除了勇气还有什么活着？
肚子里满是热粥，
神经靠饮茶增强，
天还漆黑，黎明发现我

在青草生长的地方刈草，
胡须沾着金色的露珠，
挥舞的长镰刀
让这高大的身板保持轻盈。

接下来怎么办？维持活力。

永远别理机器，

它的燃料是人的灵魂。

伙计，活得要大，梦得要小。

法利赛人。二十世纪

主啊，我不像大多数人。
他们在工作、争斗、喝酒，
我在绿树林里，思考，
思想深入骨髓。在我笔端
心灵的诗，仿佛血液流淌。
当某些人在车里吹牛炫耀，
我双膝跪地，我要感谢
我所领受的恩典。

他们也这么觉得。嘲笑
来自强健的肺和深邃的胸，
来自健康而宽阔的身体。
我的长脸，我的长发
蒙骗了他们；他们得意地笑了，
灵魂却在坟墓的气流里起伏不定。

一个威尔士人的自白

对，我是威尔士人。重要吗？
我讲这种传承下来的语言
只因为我恰巧出生在此，
它蜷缩在两堵云墙中间，
至少半年都是阴天。
我的"天堂"一词，跟你不一样。
"地狱"，有个锋利的刃，
是风的手将它磨砺出来，
磨砺，磨砺，声音尖厉
没日没夜。格林杜尔所知的
一切，都无法抵御雨水的
飞弹。什么是他传下来的？

连上帝也有一个威尔士名字：
我们用古老的语言跟他说话。
对于威尔士人
他会特别照顾。历史表明
他太大了，不可能被钉在一座
石头教堂的墙上，但我们还是把他
塞进了一本黑色书的前后纸壳之间。

尽管如此，人们还是找到了我们。

我的高高的颧骨，长长的头骨

像一位死去大师所画的

珍稀的肖像。我看见他们在豪华轿车里

盯视着我，当我经过，半个身子挤在

母羊和阉羊中间。我看见他们站在

多刺的绿篱旁边，观望我用尖厉的哨子

把远处的羊群召集而连成一串。

他们的眼神总是给我造成很大的

压力：你们是威尔士人，他们说；

就是这般口气；让你们的土地远离

汽油的味道，远离发烫的

拖拉机轰鸣；我们必须拥有平静

与安宁。

博物馆

是平静的吗？我问。我是心灵陈迹的

看守人吗？任凭尘埃吹进

我的眼睛？我是一个人；

我从来不想接受生活分派给我的

这乏味角色，一个演员

在泥土和石头的舞台

对着过去的观众表演；出身的、种族的

荒谬的标签，斜挂在

我的肩膀上。我在监狱里

直到你们来了。你们的声音是一把钥匙

转动在无望的

巨大的锁眼。门打开了吗？

放我出去，还是请你们自己进来？

这 里

现在我是一个人。
用你的手抚摸我额头，
可感到大脑在那里生长。

我就像一棵树，
从枝顶我能看到
那些通向我的脚印。

我的血管流淌着血
血流清洗了
身体多处凝结的污渍。

那么，我的手
是否沾染了许多死者的鲜血？
我是否被带错了方向？

为什么我的手会这样
而不照我所说的去做？
难道上帝听不见我的祈祷？

我无处可去。

快速移动的卫星

显示我之存在的时钟慢了。

去哪里都已经太晚

不只是心灵的目的地。

我必须带着伤痛留在这里。

真理面包（1963）

葬 礼

他们站着交谈，
黑色的一群，不如树林好看。
他们来这里悼念什么？
是的，死亡；但死亡的兄弟
——罪性，更值得重视。
牙齿，不体面地闪光，
在曾经稳固的声誉上
它们磨得锋利。掩土落在
便宜棺木上，比眼泪干净。
这些红润的脸，是怎么回事？
在墓穴的边缘，虔诚的
黏膜炎发作？他回到了
归属之地；这一点得到
大家公认，只有几个人
试图弥补，因为曾经
待他冷漠，教会方面
勉强给他简单安上了
若干词语的华丽花环。

致年轻诗人

最初二十年，你还在成长，
发育骨骼；当然，作为诗人，
你还没有诞生。接下来十年
初试锋芒，你露出得意的微笑
以为追求的缪斯已经轻易得手。
你开始认真对待早年的诗作
仿佛一段初恋，更深的依恋
却没有形成，这使你蒙羞，
爱成为一种严峻的服务，
服侍一位冷酷的女王。

                    从四十岁起，
你开始从被你写糟的
那些不成形的诗作中学习
如何利用更多技巧，如何组装
颂体或商籁体诗的
任意部分，而时间培育出
新的冲动，对她、对鲁莽的公众
藏起你的伤口——
他们喜欢窥探。

            依岁月推算

现在你老了，但是，在诗人那个
更慢的世界，你只是到达了
一个悲哀的成熟期，你知道，她
高傲的脸上，微笑不是给你的。

威尔士语

为什么我必须这样写？

看，我是威尔士人：

一个真正的 Cymro[1]，

血管里流着泥炭的元素。

我生来就晚；

她认领了我，

她把我带大，

我没有吃过苦；

只有一样损失，

我不会说自己的

语言——Iesu[2]，

所有的词语；

我置身其外，

从金发陌生人那

捡起他们的施舍。

我不喜欢他们的谈话，

他们分叉的元音；

名字，仿佛来自

---

1 威尔士语，意为"威尔士人"。

2 威尔士语，意为"上帝"。

绿色时代的鬼魂。
我要自己的
话语，不受它
措辞的约束。
我要准确的词语
表达实质的问题，
当我看到这片土地
空无一人的农场，
和漶漫在
风雨里石头的
手稿。
我甚至要小镇
敞开的门
控制一个荡妇，
这样，她就会说威尔士语
并孕育孩子
——为了指控
孕育过我的那个子宫。

幸存者

我从未告诉你。

他经常对我说起：在一条

没有遮盖的船上，七天七夜——精疲力竭，

没有时间弄到食物：

饼干、水和毒太阳；

只有桨翼的摆动，

向陆地颠簸摇晃，

陆地却仅存在于记忆的海图，

从未出现在地平线上，

虽然离船头仅有七英里。

两天后，不再有人唱歌；

四天后，不再有人说话。

第五天，脸上开始出现

龟裂；盐水灼烧难忍。

他们开始想到死亡，

每个人都在思忖，把死亡喂饱——

用那剩下的无法隐瞒的东西。

大海，跟天空一样空洞，

苍穹下一个巨大的圆盘，

同样地广袤，危险地发蓝。

第六天傍晚时分
一只鸟路过。那天晚上无人入睡；
小船变成一只耳朵
紧张守候着，海浪撞击在陆地上的
雷霆之声。黎明时，听到了，
就像海岸上的敌人
不祥的炮声。人们欢呼起来。
从浪尖上，有人看到了废墟
那片大海的废墟，一个瘦弱的骑手
奔向他们，用绳子
将他们迅速拖上粗暴的沙滩。

未被驯服

我的花园，是狂野的
　　草海。她的花园
掩映在墙壁之间。
　　潮水可能涌进；
　　为此我感到抱歉。

那里有一种宁静，
　　虽然不是旷野
那种深深的宁静。她对
　　绿色生命的关心
　　使得弱小者成长。

虽然不是我的初恋，
　　有时仍牵她的手，
沿狭窄的小路漫步
　　花丛间，鼻孔
　　充满浓郁的芬芳。

草坪悠久的柔软
　　吸引着缓慢的脚步

终于又劝离；沉默

　　用它戴着手套的手

　　攫住心灵的野鹰。

却不会太久，树林中，

　　窗户敞开

呼唤心灵回到它

　　真正的巢穴；我

　　俯身于此，只是游戏。

磨 坊

我现在要回首
至少二十年前：
他妻子的卧榻
几乎还未变冷
他就躺了上去
还不会被挪走。
开始似乎很难，
那些人等待了
多年，如今这位
代替那一位
躺在这房子里
沉重而僵硬，
房子弥漫着死亡或霉菌的
气味，或者，兼而有之。

他们只好继续；
给他洗身，给他换尿布，
他更像一头野兽
需要喂食，需要进水
在山上的农场。

他们为什么要这么做？

这副骨头

在死亡市场

叫价低廉？

所有麻烦是否值得？

打谷时剩下的一粒

爱的种子

在他们心中找到了裂缝？

有次我夜访，

看着那盏灯如何

拂过那张

脸的轮廓。

说起昔日使用耕犁

与镰刀的劳绩

墙上他的影子变得

严厉起来。

我为他读赞美诗、

祷告，然后，静止。

在长久沉默中

我听见抽屉里

老鼠的窸窸窣窣；

在壁炉口

火焰的小花瓣

枯萎，谢落。

九年，在那张床上

年复一年，

庞大身躯腐烂，

昔日的小河缓缓

流过他的脑袋，

使他的头脑

生锈的磨盘

不停转动——

碾碎的，是我。

仆 人

你服侍得很好，普拉瑟克。

从我所有的质疑和怀疑，

从对时代的神祇短暂的接受，

从心灵的疼痛

或身体的横暴，我转身，

常常是在整年之后，

常常一天两次，

我转向你缓慢阅读的地方

在农场，你翻着田野之书

那么耐心，永不厌倦

这土地的故事；不仅相信，

更是在你的骨血里

证明它的准确性；愿意站在

永远远离大路的地方，

生命的绚丽插图在那里

总是边缘性的。

　　　　　不是说你给出了

全部答案。是否真理，如此赤裸，

如此幽暗，如此暗哑，就像在你的壁炉边

在你的陪伴里，我找到它？

也不是天空

展开的待读的印刷品；被发掘的

心灵的矿物？不是依靠

清澈的眼和自由的手，

从生活的恩赐

取得的真理的选项？

        不是给你的选择，

而是种子，撒在稀薄的

心灵的土壤上，不富饶，也不肥沃，

却能长出一种庄稼，

它就是我享有的真理之面包。

苏亚克教堂：亚伯拉罕的牺牲 [1]

他抓住儿子头发

以一种无辜的野蛮。

他儿一脸平静；

那里只有信任。

野兽在一边望着。

这就是艺术所能做到的，

以安详的凿子

解释信仰。

抵抗的石头

安静，如我们的呼吸，

被普遍接受。

---

1 苏亚克（Souillac），法国西南部小城，有著名的天主教教堂。
"亚伯拉罕的牺牲"为常见的宗教画题材。

看 羊

是的，我知道。像报春花；
耳朵是报春花花茎的
颜色；眼睛——
分成两半的坚果。

       这样的形象
却只是提供给想象的
游戏。看看威尔士的
情形，我宁肯说说

本来的状况：青草地
不属于我们；成群的游客
把我们买断。千万张嘴
正在说着关于我们的
废话，爱尔生马桶[1]文化
威胁着我们。

       他们会怎么说？
自由民族的勇士，他们
在此流血，勇猛地
站立城堡之上，他们是太阳
仍然在升起与落下的唯一理由。

1　一种便携式马桶，采用化学药物进行除臭。

圣母怜子图 （1966）

罗德里

罗德里·西奥菲勒斯·欧文，

除了名字，没有什么是威尔士的；

他走在尘土飞扬的乡村

那里的气味比啤酒厂

更酸臭。荒野在他眼里

意味着什么？心灵的角落

无聊的影子。他有六件过周末的

衬衫，还有一个口袋的

钞票。别跟罗德里提

根；他的本领

超过多尔沃地方的

人口，多出

许多倍，那个房子里

就有三个欧文，却没有一个喜欢

自己的家乡和它稀少的

雨水。

    这里

非常干燥，干燥难耐的

城市高温，姑娘们根本

受不了。罗德里就够酷了；

他站在男子气的大树下

注视着她们

经过，或者，为了证实英镑的力量

挑选其中一位，

在威尔士，那妞原本宁愿

修补家里的长筒袜子，

一个民族绝望的象征。

因 为

我赞美你，因为
我羡慕你有能力
看看这些：老者
盲目的手，梳理着阳光
因为怜惜；饥饿的狐狸，
臃肿的宠物；世界
消化自己和稀薄的火焰
净化事物的方式。青年走进
妓院，少女走进
修道院，钟声敲响。
病毒侵入血液。
尘土落满肮脏的帝国
和诗人的图书馆。花朵在爱情的
坟头枯萎。生活
就是这样，你看着这一切
眼里没有泪水，对于你
黑暗跟光明一样珍贵。

雨 燕

雨燕在空中簸扬。

日暮时分观看它们

令人愉快。我封闭了心灵

不去理会那些傻瓜。电话的狂热

结束了。只有雨燕

在空中躁动不安

和尖叫。

　　　有时它们滑行，

或在飞翔中撕裂

风的丝绸。看不见的丝带

在空中拖曳。

它们摆出的问题，无法

解决，已经数百万年，自从第一个思想家

看着它们。

　　　　有时它们在高空

相遇；相触时

会发生什么？我正在研究

那黑色的翅膀的几何学，

带给我的沉思，只有惊奇。

圣母怜子图 [1]

总是同样的山丘
拥挤在地平线，
寂静的场景
遥远的见证。

在最显眼的位置
高大的十字架，
阴沉沉的，空无一人，
多少痛苦，为那身体，
现在回到了摇篮
一个处女的怀抱。

1　圣母怜子图（Pieta），指表现圣母马利亚膝上抱着基督尸体的绘画或雕刻作品。

礼 物

从父亲那里，我继承坚强的心脏，
消化不良的胃。
从母亲那里，我得到恐惧。

从悲伤的国家，我得到耻辱。

我所有一切都给我的妻子
除了爱
那是我唯一不能给予的。

给唯一的儿子，饥饿。

克尔凯郭尔 [1]

窗外

丹麦等待着，拒绝接收

这个家庭，上上下下

在一个房间里，它已耗尽

它的良心。

　　　　　与此同时，无尽的

想象力在生长

无拘无束，他们不时观望着

那个苦作者，他们指控的手势

是一副扭曲的十字架

矗立在日德兰半岛的小山上。

严厉的父亲看着它，流下

难过的眼水，以致那男孩害怕了

同情心却不能变成

一件玩物。

　　　　　他继续生活着，

索伦，契约的可怕闪电

环绕着他，仿佛一根骨头

1　指索伦·克尔凯郭尔（1813—1855），丹麦哲学家，被视为存在主义之先驱。

在受崇拜的神的身体中

断裂。街道

清空了行人，除了一个少女

她已开始感到

她体内的铁在回应他磁铁的

吸引。她的头发即将

成为他在黑暗中

偎依的月光。丈夫凝视着

透过生命的栅栏，冒险伸出一只手

从他天才的烈火中

将她拉了出来。报纸加剧了

挞伐；他受了伤，钻进

纯洁思想的修道院

只为献上他那皱巴巴的阿门。

一个威尔士人在圣詹姆斯公园

我受邀进入这些花园

作为公众的一员，遵照规定

必须品行端正；

避开草坪和摆设

不碰不摸；欣赏鸟类

来自野外，被扔给

面包之诱惑。

         我不是

公众的一员，我已走过很长的路

才意识到。太阳的

羽毛下，是石头的肌腱，

弯曲的爪子。

    我想起威尔士一座小山

没有围墙，那里的人们，

不知道博斯沃思，他们放弃欧石楠

心灵的高地牧场。我摸索

空空的口袋；我的车票

是双程的。我留着一半。

那 里

他们的出生只是偶然。
他们出生，在荒凉的农庄
没有要求
也没有不要求。生命携带种子
并把它播撒在贫穷，
而被严重侵蚀的土壤，一个耐性的
实验。

      人的生存为了什么？
在云端得以休憩的
一个承诺；不被完全浪费的
收获；有一只牲口
生来健康而有七只死掉，
他就会跪下来感恩，
在小教堂里，建造它的石头
来自荒野。

      我望着他们
数小时埋首于他们的营生，
沉默无语，控制舌头提出
它的问题。不该由我
展示他们的真实，像个

城里的好事者，或者观众，看着他们，

以一种怜悯，或傲慢的神情。

钟 楼

矗立着，灰暗、荒凉
我见过它，仿佛没有阳光
能融化它
大钟的音乐；这样子
的确有些可怕，宗教
就是这样。有时
一场黑霜降临就是
一个人的全部，而他的心
悬在骨骼的钟楼，沉默无语。

谁知道呢？总是这样，
即使寒冬，在冰冷的
石头教堂，有人跪在地上
祈祷，祷告平稳落下，穿过
上帝和他之间坏天气的
艰难时间。然后，也许是，
温暖的雨带来阳光、新坟上的鲜花
以及颤动的钟声。

转 身

打起精神，普拉瑟克。
星辰在你头顶，
比你见识过更多的疾病。
这种骨头的溃烂
早于人类俯身于水池
照见自身的形象之前。
暴力发生了
还将再次发生。更好与更糟
之间，是一个不坏的地方。

一个劳动者，他的命运似乎
是静止的，在如此快速的交通中。
转身，我说过；不要回头。
在田野上，没有前进
也没有后退，只有一年中的两个
至点[1]，中间是忍耐。

---

1 至点，天文学用语，比如冬至、夏至。

舞 会

她很年轻。我可以
直呼其名吗？孩子，
对你敏捷的肢体、眼睛；
我给予的不是爱
只是空洞的敬意，
来自一个老人
时间把他钉在
十字架。拉起我的手
在舞会的片刻时光里，
忽略它狡猾的压力，
老年干枯的情欲，
领我到那天真的
树枝下，让我在你的秀发里
再嗅一嗅我的青春。

面 孔

闭上眼，我就能看到它。
那座光秃秃的山，男人在犁地，
褐色的屋顶起伏
在严酷的天空下。
下面是农场，
停泊在草港；
更低处是山谷
庇护着不多的族群，
学校，客栈，教堂，
从头，到中间，到最后
存在于他们在地面上缓慢的旅程。

他从不旷工，像个奴隶
回应头脑的要求，
无休止地耕作，仿佛秋天
是他知道的唯一季节。
有时他会停下来看看
灰暗的农舍，没有信号
提振他一下；他与无名天使
长久的扭打，没有赢来

掌声。我看出他的眼睛

没有期待，只有雨水的

那种无色。他的手撕裂了

而不是他的精神。就像树皮风化

在跟他相同的树上。

他会继续活着；这是肯定的。

但他的土地租期

将会改变；机器将一切

变成了噪音。那张脸

却在思想画廊的墙上，连同

衬托它的群山，将一直悬挂

没有荣耀，却像土地一样严峻。

在教堂里

常常我试着

分析它沉默的

性质。上帝是否藏在那里

避开我的探寻？一些人

离去后，我驻足聆听，

听到空气使它重新平息下来

为了守夜。就这样等待着

因为石头在周围聚集。

它们是一个身体坚硬的

肋骨。我们的祈祷未能

鼓动它们。阴影从角落

扩展，控制了光线

占据的地方一个

时辰。蝙蝠恢复它们的

营生。教堂的长椅的不安

停止了。黑暗中

没有别的声音，除了

一个人的呼吸，在虚空里，考验着

他的信仰，将他的问题，一个

一个钉在无人的十字架上。

不是因为他带来了鲜花（1968）

生 涯

五十二年，
时间大多用于
成长。或者
幻想成长——作为人的
财富，记忆如何
编号？受伤的肘
丢失的玩具，又有多少？
痛苦过去了，受苦的肉体
却仍然属于我。

有一所房子，
一张脸，在玻璃窗边
发呆。我看着——那双眼
有些忧郁
我不是用它在看，但我
开始觉得那也属于我。

一个正在上学的男孩：
他的课程就是
我的课程，他

受惩罚，我认为活该。

我在他的身体里起立

跟我一样高，却还没有

足够的判断力。远处的事物

还很遥远，不过很快

会到来。他的话语

令我迷惑；我的行为

暴露了他。不过这并不是

我们的本意；我应该

与他合而为一，现在

我是跟另一个

合为一体。在我有时间

完成自己之前，我让他与我

共享这所房子。它是我

目前所能成就——付出了

太多劳作。我之所有

并不全属于我，唯有她的爱，她的

孩子，等着我笨拙的

签名，受领。儿子，在一面大镜子里

你越来越像我，对此

我有点不以为然。你却重复着

跟我的某种相似性——这令我痛苦。

未曾拜访的墓地

有些地方我未曾去过；

故意不去，如哥本哈根的

索伦[1]墓。看到那里

千篇一律的街道，我更喜欢德拉戈特[2]

鹅卵石的乡村小路，鲜花绽放

还有镜子般平静的

波罗的海边，漂亮的波形瓦屋顶。

他们如何安顿他呢？

是他承受了重负，为了

他们所要求的一个民族的尊严，

我确信。我能想象那墓碑的

大小，压碎他骨头的

坚硬大理石；如果我去，

他还可能在那里，接受我的

朝圣吗？跋涉千里

几个月之后，返回。

　　　　是什么驱使一个民族

1　指丹麦哲学家索伦·克尔凯郭尔。

2　德拉戈特（Dragort），位于丹麦阿迈厄岛的小城。

拒绝了一种伟大的
精神，事后却想着它会回来
跟为它准备的裹尸布
和解？路加福音
警告我们，不要
在死者中间
搜寻活人——所以，我
在他的书中，上下求索
手牵手，像孩子牵着
他的父亲，驻足凝视
那思想的国度，如他从前那样。

盖利·迈里格爵士 [1]

（伊丽莎白时代）

我能想象，一片

遥远的，雨水浸透的地方

在西方，在时间里；

海水汹涌，携着碎浪

冲上卵石滩，升上

陡坡；却乐此不疲

并把它的小桌子

铺得丰盛极了——盖利·迈里格

拥有几亩土地的乡绅，头脑膨胀

梦想回到往昔

有人进香，有人奉上膜拜的

蜜饯；一只威尔士的苍蝇

落入一个为大黄蜂

编织的大网。

   不要责备他。

另有其人，背弃了他，

正如他也那么干过，在我们的

土地上一直就是这样。树叶

1　盖利·迈里格爵士（Sir Gelli Meurig, 1556? —1601），威尔士贵族，因密谋反对伊丽莎白一世被绞死。

照亮秋天，却不是为了他们。
大海的摇篮
空自摇动。他们想要这个城市
和它的小玩意；他们给其中一人
穿上漂亮的衣服，他操纵着
琴弦。他们随着疯狂的曲调
无助地起舞，在蔓生欧洲蕨的
家乡，他们本可以活得
谦卑，却享有自由。

水手医院

医院里面
很暖和，但是
有疼痛。我出来
走进四月的
寒风。有一些鸟
在荆棘锯齿般的
铁刺中，敲打
它的小调。西边，
小镇房屋
从灰蒙蒙的
水域升起，
彼此相接。是谁最先
开始拒绝：时间的废物
在洁净的大海边缘
生长？有一个水手，
在大风或巨浪前，到达
海滩，把那里作为
他的港湾，在阳光下
晾起衣服；发现女人们
哺育了——那些病人，

他的子孙。每天
潮汐定时
拜访他们，带来咸涩的
安慰；他们的伤口，在
操纵大船的索具时
异常疼痛。

　　　　带着紧闭的思想
连天空的水仙花
也不能劝动他
打开思想，我对着护士
转过身来，她们
正使劲拽他，当他漂流
在呼吸的激流，越漂越远
听不到我们爱的呼喊。

水 库

在威尔士，有我不去的地方：
水库是一个民族的
潜意识，受到墓碑、教堂
甚至村庄的困扰；
他们平静的表情
令我反感，对于陌生人
不过一种姿势，水彩画
对大众更有吸引力，相较于
诗歌的情况。那里
也有山；花园被森林的
糟粕覆盖；农庄
恍惚的脸庞，泪水如石子
顺着山坡滚落下来。

那么，在腐烂的气息中，
在一个民族的衰败中，
我能去哪里？我走过海滨
看了一个时辰，英国人
正在我们文化的残骸里
觅食，如潮汐涌来

覆盖沙滩，他们携带着
潮水的粗暴，将我们的语言
顺手推进我们为它挖好的坟墓。

牧 师

牧师择路
通过教区。许多双眼睛
从窗户、从农场，看着他；
他们的心希望他靠近。
身体却在拒斥着他。

女人们，从黑色水壶里倒水，
搅动着她们头脑里
旋浮的残茶；微笑着递给他三明治：
其中，有种难以言明的东西。

牧师们都有很长的路要走。
人们等着他们到来，
举起他们破碎的
誓言之杯，用辛勤所得
答谢他们的劝导。

此刻他走上一条绿色小道
穿过生长的白桦树；羊羔缓和了
他的视野。他慢慢走进

幽暗之中，感受十字架在手中

开始扭曲；挂在思想的冰柱上。

"跛足的灵魂"，你会这样说吗？从思想的

高度俯视着他；"终生在祷告上

一瘸一拐。而在这个世界上

另有一些人，坐在餐桌前

心满意足，虽然那些破碎的肉体

和流出的血液，不在他们的菜单上。"

"就这样吧，"我说，"阿门，阿门。"

欢迎来到威尔士

欢迎来到威尔士

下葬；殡仪执事

会为您安排一切。我们有

场地，和一长列

客户，回到

第一个牛奶商，他善于给他的荣誉

兑水。他们是怎样

用抛光的纪念碑资助我们的

国家！没有人住在

我们的村子，他们梦想

却从英镑的严酷气候中

归来。为什么

不试一试？我们总可以

养活一些送葬者，"阿门"也已

准备停当。这就是建造

教堂的目的；它们的清漆

经得起磨损，适用于

普通棺材。让我们

开个价吧；我们的要价

最低，我们提供

廉价尘土，一个舒适的
躺平之地。

跪 着

在夏天
平静的时刻，
跪在石头教堂的
木质祭坛前，等待上帝
开口说话；空气像沉默的
楼梯；太阳的光
环绕着我，仿佛我在扮演
一个伟大的角色。观众
保持安静；众多灵魂
跟我一样，等着
神的消息。

　　赐给我力量吧，上帝；
但不是现在。当我说话，
尽管是你，通过我
在说话，却有什么被丢失。
意义就在等待之中。

佃 户

这是痛苦的风景。

这里实行的是野蛮的

农业。每个农庄都有

祖父和祖母，苍老的手

握着账本，像在拽

绕在颈子上的胎盘。

宾朋来访，老年人

独占话题。孩子在厨房

聆听；他们气冲冲

保持耐心，迎着黎明走去。

他们等待有人死去，

那人的名字像要对付的土壤

令人痛苦。在田埂的

清水沟里，他们照见自己的苍老，

听乌鸫可怕的

伴唱，那歌声允诺的，原本是爱。

布尔戈斯 [1]

夜莺在布尔戈斯霜冻的

天气里聒噪。天刚破晓

在这干旱之地，在城市以东的

田野，鼠尾草和刺蓟

零星生长。村子的塔钟

孤独地召唤；无人应答

除了悲伤的牧师，拨弄着他们

手上的念珠，为这土地上迷失的人们

在祈祷。一切都是慢的：

驴子、驮着沉默的男人、

台地上收割后成捆的

干草。空中一只鹰

盘旋着，没有影子，仿佛上帝

他创造了这个乡村，今天喝着它的血。

1　布尔戈斯（Burgos），西班牙北部城市。

嗯哼（1972）

祈 求

我站在阴凉处

见过无数次

这类事情：先是盗窃，后是谋杀；

强奸；盲目之手

充满悔恨的行为。我试过

新的祈祷，或者旧的祈祷

以新的方式。我在痛苦中

寻诗，我已懂得

沉默是最好的，并以我的良心

为它付出代价。我不过

是一双眼睛，见证了美德的

失败；看着幼小的婴儿

生来健康，却明知癌症

等着他们。我只向

处理这些问题的人请求

一件事：真理应当遵从

美。却没有得到批准。

时 代

这样的时代：智者
并不沉默，窒息于
巨大的噪音。他们在无人阅读的
书籍里，找到了避难所。

两位顾问的话
得到公众倾听。一位叫喊着："买！"
日夜不停；另一位更是
振振有词："卖，卖掉你们的宁静。"

表 演

跟她结婚真是太不明智了，
我从不知道她何时不是在表演。
"我爱你"，她会说；我听见观众
一声叹息。"我讨厌你"，我不确定
他们还在那里。她是可爱的。我
只是她用于化妆的一面镜子。
我节俭地使用她的身体那波浪般起伏的
草地。他们的眼睛每晚都在它上面放牧。

现在她独自站在自己琐碎的
舞台，她正扮演着她最后的角色。
好极了。她的职业生涯从来不曾
如此出色。然而，帷幕
已经落下。我的魔术师，走出后台
接受掌声。看，我也在鼓掌。

否定之路

为什么不！我从来没有过别的想法，
上帝就是我们的生命里
那伟大的缺席，在空无的沉默
里面，是我们要探寻的
地方，不指望
到达或找到。他在我们的知识里
保留着间隙，星辰之间存在的
黑暗。他的存在，是我们追寻的
回声，是他刚才留下的
脚印。我们把手伸到
他的身体一侧，希望得到
它的温暖。我们看着人们
和他们的所在，像他也曾看着
他们；却错过了他的影像。

岛

于是上帝说，我要在这里建一座教堂，
使这里的人敬拜我，
用贫穷和疾病折磨他们，
作为回报是几个世纪的辛劳
和忍耐。它的墙将如他们的心一样
坚硬，它的窗户勉强让阳光
进来，如同他们的思想，牧师的话
被风的号叫淹没。这就是我要做的，

上帝一边说，一边看着他们眼中的痛苦
浮现，他们的嘴唇随着他们的祷告
溃烂化脓。他们的妇女也必在我的祭坛
生产，我要挑选他们中间
最优者，扔回大海。

这只是在一个岛上。

天 国

天国是遥远的，但在那里
一切都完全不同：
那里是穷人成为国王的
节日；痨病患者
被治愈；盲人看着镜子，
镜子以爱回看他们；
在天国，勤劳只为修正
弯曲的骨头、被生活
挫伤的思想。天国是遥远的，到达那里
却无需时间，所有人
都被允许，只要你净化
你的欲望，去那里只要带上
你简单的需求、简单的礼物
——你的信仰，翠绿如一片叶子。

老与少（1972）

预 兆

女王坐在英格兰的宝座上，
　　手指灵巧地抚弄扶手上
明亮的宝石。人头攒动
　　在英格兰的尘土中。女王笑了。

与此同时，在美洲，一个印第安野人
　　将一支彩色的箭安上了他的弓
并瞄准目标。在一阵羽毛的风暴中
　　丛林里一只火鸡坠落。印第安人回家

默默走向他的皮帐篷
　　在湖边忏悔这种
杀戮的罪过。越过热气腾腾的内脏
　　他看见一个领头的白人带着枪和监狱来了。

岛 民

他们来了，从岛上

越过万顷波涛上

满载羊群，有着闪光的羊毛

海螺般的眼睛，咩咩叫

仿佛与海鸟和咆哮的海潮

在竞赛。黑色船体冲击着

海水，海水被撞成

碎玻璃，船上的男人咀嚼

烟草，海风净化

他们的心灵，他们相信地平线的

逻辑。

　　　　这是些难以撬动的

海碰子，凭潮汐的起落

测量时间，他们懂得不变的

四季，大海永恒的

金银花。他们精干、强悍

而且警觉，当我们的学科

不断增加，疲惫于所有

细枝末节，这些人却认准了大海

唯一的事实：它的无情，它的美丽。

何为威尔士人？ （1974）

如果可以称之为生活

在威尔士，没有
鳄鱼，却有眼泪
从黏稠的眼窝不断
流出。白头发
女人，草莓色的
面孔，从窗帘后
窥视你；颤动的女高音
冲出小教堂；职员
以他们乏味的目光
脱去秘书的衣服。
　　　　谁会雇佣
街角插科打诨的
游手好闲辈？
　　　　有什么
出售吗？游客大声询问
那些本地人，他们在
残存的自尊中，胡乱翻找。

他躺下，被记入历史

在特雷加伦[1]，亨利·理查德[2]
依然感到寒冷，饱含耻辱倡导
恭顺民族的和平主义。

托马斯·查尔斯[3]也看出《圣经》
僵化不堪。没有什么能搅动
手持的圣书；即使特里维林[4]的大风。

在我们的国家，你一路看到
一座又一座纪念碑。除了
矗立村庄和城镇的

雕像，还有关于其他人的记忆，
他们为了能够自由地挣钱，献出了

1　特雷加伦（Tregaron），威尔士中部小城。
2　亨利·理查德（Henry Richard，1812—1888），威尔士政治家，其父埃比尼泽·理查德是加尔文教派卫理公会的牧师，他本人自1835在伦敦成为一名牧师，1868年当选为国会议员，任职下议院直到去世。
3　托马斯·查尔斯（Thomas Charles，1755—1814），威尔士宗教领袖，威尔士加尔文教派卫理公会创始人和传教者。
4　特里维林（Tryweryn），威尔士西北部的一个地区。

生命，无数的琼斯

无数的欧文，也许让我们的热血
沸腾过一阵；现在却掩埋在
毫无分别的泥土里。

他的纡尊降贵只是短暂的

我不知道，他说，我为英格兰人
感到抱歉——在某些方面，
一个值得崇敬的民族，却也是
传统的受害者。那些坦克
和枪炮；那些不知所终的
队伍；奖章
和金黄的绶带；政府
每年的奖项；额外增加的
贵族的头衔。民主不过是
富人和出身高贵的人给予的小费，
因为你们的效忠。
　　　　　我欣赏他，
当他若无其事坐在
椅子上，拨弄着香烟的
烟灰——顺便一说，
跟威尔士大多数的东西一样
香烟，也是英格兰批发商供应。

想起就令他痛苦

法令用来

　　摧毁语言——不是 cariad[1]，

他们说，"是 love"。未来的

　　语言之嘴被引向

东边，英国人的

　　阴沉天空。"你可以得到这份工作，

只要你用恰当的语言提出申请。"

　　"来买呀，来买呀。"

在新城，教堂的钟声

　　敲响。威尔士人

穿上他们最好的衣服

　　带着他们的产品

去市场，然后又带回来

　　没有卖出去。"我们什么都不要

除了你们的

　　土地。"女性继承者们

爱上了那些郡的

　　天鹅绒商人。农民

1　威尔士语 cariad，意为"爱"。

看见他们的牧场被栅栏

　　围在英雄们的骸骨中间。

实业家们来了，在一个

　　国家的尸体里挖掘

它的凝固的血。我出生

　　在那种污秽的环境

通过被污染的母乳

　　接受他们的喂养，吮吸他们的语言

所以，无论我现在呕出的

　　什么，仍然是他们的。

精神实验室（1975）

显 现

我不再像从前那样祈祷，
上帝。我的生活，今非昔比；
你，也接受了机器
出现？从前，我也许会寻求
治愈。现在，我去看医生，
无罪地饮我兄弟的
血，提供我的肉体
作为一柄手术刀成就的伟大诗歌的
手稿。我本应长久地
跪拜，与你摔跤，使你
疲乏。主啊，请听我祈祷，
听我祈祷。可你好像聋了，无数
凡人不停尖声
哭喊，不适当地解释着
你的沉默
　　　　　　这似乎从来
不是祈祷的意义。
它是差异的湮灭，
我在你中、
你在我中的意识；从自然的青春期

进入成年头脑的

几何。我开始

重新认识，你是形与数之神。

有些问题，我们便是答案，

有些问题，我们必须扩大

它们的回声。这循环往复的过程，正如

我们的道路，并非返回那毒蛇出没的

花园，而是通向一座高耸的

玻璃之城，一个精神实验室。

手

这是一只手。上帝看看它
然后看向别处。他的心里，
有一种冷淡，仿佛那手
攥着它。仿佛在黑暗隧道的
尽头，看到那手建造的
城市，用来夷平城市的
引擎。他的视线
暗淡下来。他忍不住想
松开那手指的关节，他抬起那只手。
它却与他扭打起来。"告诉我，
你的名字，"它叫着，"我要用明亮的金色
写下它。难道没有要实现的
功绩，没有要生养的孩子，没有要写作的
诗篇？这世界
没有意义，等待着
我的到来。"可上帝，感到
抵住身体一侧的指甲，接触之中
有种使他紧张的温暖，沉默中
他继续与它较着劲。这是一场他预见的
长期争战，问题不会

有答案。手有何

用处？完善的观念

发生在最初的工具

出现之前 [1]？"我让你走。"

他说，"却没有祝福。

告诉你创造的形形色色

事物，告诉它们，我在这里。"

---

1 此处暗含对柏拉图理念论的讽刺。

那 边

那是另一个国度。
语言跟我们所知的
不一样；即使颜色
　　　　　　也不同。
那里的居民用眼睛看到的，
不是形状，而是他们之间的
距离。如果他们去往那里，
也不在旅行者
通常的方向，而是侧向一边
穿过时序折射的
镜子。如果你先前见过他们，
你就能认出他们，他们
没有影子。你的问题
　　　　　　属于他们的过去；
那些他们将要解决的问题
是你完全不会
想到的。在远系繁殖的
实验中，在思想日益发展的
显微镜下，他们正在隔离
人类的病毒，并把它
烧死在超然的烈火中。

阿 门

一切都是安排好的：
怀了孩子的圣女，伯利恒的
出生地，去耶路撒冷的
干旱的上山之路。先知已经
预言，经文的研习使他倾向
于接受它。犹大做他的工
——献上他的酸吻；他还能
做别的事情吗？

                  一个明智的晚年，
授予持久之物的荣誉，
并不为救世主准备。他必
被杀害；救赎的获得
须得通过增加的罪责。这棵树，
连同它在心灵黑暗中的根，
是神种下的，存在之原初的
叉子。在生命之中并没有意义，
除非人们对爱的拒绝行为
被发现。神需要他的殉道。
在反常的胜利里，十字架上
温和的眼睛在凝视。他关心什么？
毕竟那个民族的供奉是那么微薄。

上帝的故事

一千年过去了。
佛陀坐在菩提树下
吟诗。上帝在天空燃烧

跟旧时一样。等待他的
家人，再也不会
回来。谁是我的父亲？

谁是我的母亲？上帝用手指
抚摸身边的洞，那里有绿树
长出。沙漠放弃了

它的圣人。教皇的戒指是致命的
仿佛蛇之亲吻。艺术和诗歌
畅饮着慢性的毒药。上帝，

看着空了的圣杯，在他的手上
感到，机器冰冷的
触感，引导着他

来到一个钢制的圣坛。"你在哪里？"

他喊，在一堆喑哑的齿轮

和不倦的轮轴中间，寻找自己。

沉思录

上帝对一个人说：来吧

通过数字和图像

到我这里；从星辰之间的

夹角，在我王国的

方程式里，看见

我的美。将你的镜头对准

对于我的维度的

崇拜：无论往里

还是往外，无论多么遥远

往外往里，在我之中总有更多

成比例的事物。上帝对另一个人说：

我是

在你的存在之中心

燃烧的灌木；你必须

抛弃你的知识，带着你

空无一物的头脑

到我这里来。而对这一位

上帝说：因为你

大腹便便，情感

阴郁，我将来

找你，化身于最简单的

事物，化身于一个人的

身体，被吊在一棵高大的

树上，你将它变成

木材，你不会认识我。

伤 亡

我忘记了
    对于古老真理的追求
        我来此原是为此。另外的烦恼

占据了我：身体的
    紧急状况；一个被引诱的
        姑娘；金钱

从来不曾具有
    如此神奇力量；仿佛上帝的血
        在造物的血管

流通；我享用它
    像分享圣餐，在回家的路上
        我迷失了

自己，听着不同
    呼唤的声音。我向后移动
        进入一个后退的

未来，我失去了
　　判断力，借用诗歌
　　　　给我的孩子们买回

散文。昔日是一个贫穷的
　　国王，为了历史学家
　　　　放下王冠。每天

我继续着那场
　　叮叮当当的战争，其中
　　　　有一种伤亡是爱。

花 朵

我要求财富。

你给我大地，海洋，

               广阔的

天空。我望着它们

我知道，我必须退出

      才能拥有它们。我献出眼睛

      耳朵，并居住

在无声的黑暗中

        在你关注的

      阴影里。

        灵魂

      在我体内生长，用它的香气

充满我。

      人们

从四面八方，来到我这里

      听我述说

      那看不见的花朵

我坐在它旁边，它的根

不在土壤里，它的花瓣，大海的颜色

也不在土壤里；它是

独属自己的物种

有着自己的天空，它的绽放

跟随着你，彩虹般的来去。

安·格里菲思 [1]

她是村里可怜的女孩

没有上过学。所以上帝

对她说："演奏我吧，"

他说，"在你身体的

白色琴键上。我见过你

为了那些不会

做你的新郎的人而舞蹈，而我等着你

在桃金娘成熟的

枝条下。那些人认识我，

仅仅通过他们的大脑

可怜的赞美诗，乏味的布道

和祷告。我是永生的上帝，

被牢牢钉在一个民族虚假的

泪水的古树上。我渴望，我渴望

泉水。为了我，从你的心井

把它抽上来吧，我会把它

化作甘醴，让你不曾被亲吻过的双唇畅饮。"

1　安·格里菲思（Ann Griffith, 1776—1805），威尔士女诗人，
她所作赞美诗至今在威尔士教堂传唱。

利恩[1]之月

耶稣的下弦月

让位于

黑暗；蛇

消化着蛋。这里

我跪在这座石头

教堂里，它充满

会众的影子与大海的

喧响，这容易让人相信

叶芝是对的。就像

唱诗班没有吟唱，贝壳

吞下了它们；潮水拍打

在《圣经》上；钟声没有

唤来任何人注意面包的

小小奇迹。沙子等待

墙上的谷粒变回金黄的

玻璃。宗教结束了，月球上

将会出现什么，无人

知道。

---

1 利恩（Lleyn），作者工作的教区。

在我耳边

却有一个声音：为何这么快，

凡人？这里的海洋

都受洗了。这里的教区

有一个圣人的名字，时间不能

解除他的神职。在超出了应许的

城市，人们正再次

成为朝圣者，如果不是来这个教区，

也是通过他们的精神

重建它。你必须一直

跪着。即使要像这轮月亮

一路前进，必须穿过地球

笨重的影子——祈祷，也有

它的晋级之阶。

品 味

我喜欢乔叟，
不是因为他碟子上那点脏东西；

或者严肃的埃德蒙·斯宾塞，
走起来仿佛一个规范的舞蹈演员。

但莎士比亚的刀枪剑戟，
我承认，是我书架上的

必读物；之后，
是邓恩，轻微而理智的笑声。

德莱顿，我无法忍受，
还有蒲伯，装腔作势的

僭越之态。乔纳森·斯威夫特，
虽然勇敢，却不能令人振奋。

华兹华斯，心思凝聚于
内心的湖泊，我愿意一读；

有时读读珀西·雪莱；
也读读拜伦，仅限他的韵体诗。

丁尼生？勃朗宁？如果我提及
他们，不过出于习惯，

尽管其中一个，元音技巧不错，
另一个，有一副道德面孔。

然后是哈代，许多人
眼中的大诗人，却只是一个舞台老手，

在虚假的荒地上踱着步子
一股维多利亚时代的气息。

接着就来到了我自己的世纪，
批评家急匆匆地忙着

给诗人定位，我必须微笑，
这里，是名声的十字转门

拥堵处，没有面目、没有形式的
变形虫，携带了一堆名曰自由诗的分泌物。

搏 斗

你没有名字。
整整一天，我们跟你
摔跤，现在黑夜来了，
我们从黑暗走出
搜寻；没有名字
你走了，留下我们护理
自己的挫伤，脱臼。

语言的失败
没有补救。物理学家
谈论你的大小，化学家谈论
你的思维的
要素。你是谁？
你并不现身，又为何
在词汇的
无辜的边界，选择
与我们交战，用你的沉默
折磨我们。我们死去，我们死去
我们深知，你的抵抗没有休止，
在此伟大诗篇的前线。

某个地方

需要带回来某样东西证明
你曾到过那里：上帝的一缕
头发，在他睡着时
偷来；一张灵魂花园的
照片。正如常言所说，
旅行的意义并不在于
到达，而在回家时
满载花粉，为滋养心灵
制作蜜酿。

生命不是别的，只是我们借以
不断出发的港口，落地后短暂
停留的机场，提醒着我们
生命究竟是什么。而我们总是一个
接一个，寻求着
值得为之付出生命的证据。

果真有人穿了一件
火的衣衫？它现在被挂起
像英雄殿里珍贵的金羊毛？

果真这些丈夫和妻子

将婚姻浸入了忠实的

泉水？作为让我们寻找的理由

果真存在一个地方，

能投下影子的明亮地方？

永 生

这是永生。这是你，
上帝。我向外望去，没有看见
死亡。地球在移动
大海在移动，大风继续着
充满生气的
旅程。众多的生物
反映你，鲜花
是你的颜色；潮汐，是你精确的
计算。对于你，没有什么多得
会造成泛滥；没有什么小得
你无法揭示。我谛听，
这是你在说话。
我发现你躺过的地方，
那么温暖。夜里，如果醒来，
将看到，不眠的星辰
连绵的都市。黑暗
是你的存在加深的
影子；沉默
是爱之存在
新陈代谢的过程。

明亮的田野

我曾见过旭日破空而出
照亮一小片田野
一会儿，然后我走我的路
把它忘记。但那是价格高昂的
珍珠，那片唯一的田野
拥有过这宝物。现在我意识到
我必须付出我所有的一切
才能拥有它。生命并不忙于

奔向一个后退的未来，也不留恋
一个想象的过去。这是一个转身
像摩西，面对被点燃的灌木的
奇迹，面对那光亮
似乎跟你曾经的青春一样
短暂易逝，却是等待着你的永恒。

看 海

灰色的水域，空阔
        仿佛一个可以进入的
祈祷的区域。许多年里
        每一天
我将目光停留在那里。
我在等待什么？
            没有什么，
除了那连绵不绝的波涌，
            它的出现
毫无意义。

            啊，一只稀鸟总是
稀有的。总在一个人不注意，
或者，碰巧不在那里时
                就飞来了。
你必须望穿双眼，
像其他人磨破双膝。

            我变成了隐士
置身岩石之间，习惯餐风
露宿。日子
如此美丽，岁月的空虚

或许已被充满，

　　　　　它的缺席

正如它的存在；无须再

述说，我的思想，如此单纯

长期斋戒后，

　　　　我祈祷，我观看。

很 好

一个老人从山上走来
向下望去，想起早年
山谷里的岁月。看见溪流闪亮，
教堂矗立，听见孩子们散落的
声音。一阵肉体的寒意
告诉他，死亡已经距离
不远：它是生命之树的
阴影。他的园子里有药草生长。
一只红隼飞过，爪子攥着
新鲜的猎物。风吹野豆，
气味四散。拖拉机在地球的身体上
大动手术。他的孙子在那边
犁地；他年轻的妻子给他送来了
蛋糕、茶、神秘的微笑。很好。

它的方式（1977）

旅行者

我想到心灵的

大陆。在某个阶段

一个旅行者在穿越它时

会是欣喜的。这是真理，

他高声说；我终于赢得

我的救赎！

　　　　　永生又是

怎么回事？只是

卖掉两只麻雀

换来几个小钱？他传给了我们

什么秘方，可以解决

我们的问题，而不是仅仅陈述

他自己的情况？从那时起

思维的领域就已扩大。现在

我们看到，旅程

没有终点，没有知识的

欢乐。向前，向后

旁观——所有选项

都很严重，仿佛想象

一个迷失的旅行者，会对我们

说些什么，如果现在他在

这里，我们会发现他是多么不可信任。

赞 美

我赞美你，因为
你是艺术家和科学家的
合一。当我似乎
畏惧你的力量，畏惧你
以三角尺创造奇迹的
能力，我听说
你用一种记谱方式
自言自语，那是贝多芬
梦想过却从不曾做到的。
你迅速掠过雨水
和海水的音阶，演奏
清晨和黄昏的
光之和弦，雕塑
光影，春天到来时
联结一片又一片的
树叶，一首伟大诗歌的
诗节。你精通
所有语言，却不用任何一种，
哪怕是一朵花的
简朴语言回答我们最急切的

祈祷，当我们试图驯服你

为我们所用，换来的

只是你的对抗，显微镜下

肆虐的病毒。

它的方式

她用手指，把颜料
绘成花朵，用她身体的
花朵，绘成自己的
回忆。她总在工作
总在修补我们婚姻的
衣服，就像一只鸟
总在给我们
寻找可吃的。如果有荆棘
在我生命中，是她
把胸口贴在那并且歌唱 [1]。

在她责备的时候，言辞
的确太过锋利。数小时
她都在忙着以微笑
抚平伤口。还是在年轻的时候
我看见她，就本能地
施展华丽的羽毛，试图
吸引她。她却没有上当，

1　此处以荆棘鸟的传说作喻。

只是接受了我，像一个少女

在一轮薄月下

在爱的缺失中，接受某个

可以一起建造家园的人，

为了想象中的孩子。

频率（1978）

现 在

上午我从事

哲学研究，下午

整饬花园。傍晚

垂钓，或空手而归，播放

赛萨尔·弗兰克[1]的

音乐。这就足够。

或许我可成为一面镜子的

镜子，轻松重复

自我的影像。但有一个

不离不弃的

人，给我写信

诉说她的恐惧；来自城里的

消息也不好。我充当着

人们的电话总机，

一直如此，无论愿意不愿意

接收他们的信息。一个声音

哭泣道：你爱我吗？

没有回答；有的只是

---

1 赛萨尔·弗兰克（Cesar Franck, 1822—1890），法国作曲家、
管风琴演奏家、音乐教育家。

条约和接管，

双手握在一起的假象

令人不安的血流不止。

门　廊

你想知道他的名字吗？
忘记了。你想知道他
以前的样子吗？跟
其他人一样，有耳朵，
有眼睛。如果情况允许，
在教堂门廊，在冬天的
晚上，月亮升起，寒霜
凛冽，他便不由自主
跪下，却全然不知道
为什么。寒气向他袭来；
呼吸被冻住，生硬
如墓石；猫头鹰尖叫。

他没有力量祷告。
他在堂内转过腰背，
看着外面，那个
对他毫无知觉的
宇宙，一小时
他站在那里，低矮的
门槛，既不迈出，也不进入。

探 索

远离只是为了抵达自我的
边界。最好留在这里，
我说过，让视野保持
清明。最好的旅途是
向内。是内心
在召唤。艾略特听到了。
华兹华斯从北部山区
回到他自己思想的
断崖峭壁，俯身寻求
赤裸岩壁上滞留的诗歌。

            对有的人
那是黑暗，对于我，也是
黑暗。但那里，有我
可握住的手，更实在的
声音，而非外部的
回声。有时，一种奇异的光
闪耀着，比月亮更纯净，
没有投射的影子，那是
先驱者尸骨上的
光晕，他们为真理而死。

夜空

他们现在所说的是
那里，也有生命：
宇宙就这么大，为了
让我们能够跟上。

他们继续人类的伟业；
那种闪光是他们智力的
反射。神性
即心智对未被租用空间的

殖民。这是它本身的
光，一种超越观念真理的
语言呈现。每个夜晚
是对我的黑暗的一次清洗

它存在于我的血管。我让星星
给我注射火，安静是因为距离遥远，
不过可以确定，它燃尽了
我的绝望。我是一个迟缓的

旅行者，还有很多时间
可以到达。我在呼吸的间隙
休息，捕捉传递而来的信号，
从一个我所理解的边缘。

小国家

我混淆了分类？

我瞎了？

害怕说我狂妄

如果认为这片土地

也是一个王国？那些

遥远旅程的故事，就发生在这里

在我的门口；我轻蔑的

对象，变成了

头戴珠宝的癞蛤蟆！

人口足够少所以

被召，太多则无法

被挑选？我称它为

一个老人，不顾四月的

消息在说：看哪，

我使万物焕然一新。

恐龙走上自己的路

进入黑暗。相对于它们的

人类的寿命

被缩短；在这不断缩小的

星球，一切都有利于小民族的

幸存，他们的视野

广大，仅仅因为他们满足于从自己的山上

俯看它们。

       我老了，

我躬身进入这应许

之地，它一直都在这里，

我高兴地吃着在诗人的烤箱里

烘烤的面包，从本民族的常青之树上

折断我的语言并攥在我盲目的手中。

前寒武纪 [1]

这里我想到以前的世纪，

有六百万个，他们说。

昨天下了一场细雨；

今天温暖将人群带到了户外。

基督之后，是什么？

分子无所谓救赎。我的影子

在这石头上晒太阳

想起熔岩。宙斯俯视着

一个美丽世界，但那里

没有爱；他们的神庙

之建筑，不比这些波浪

更长久。柏拉图、亚里士多德，

所有在平静额头

犁出沟纹的人，都对炸弹

负有责任。在这里，我被大海之镜

宁静的倒影迷住。它也是

一扇窗户。我现在需要的

1　根据古生物学和地质学，寒武纪是显生宙最早的地质时代，分早寒武纪（距今约 5.4 亿年）、中寒武纪、晚寒武纪。前寒武世末期大约距今 6 亿年。寒武（kanbuki/Cambria）之名，来自北威尔士一古地名的罗马名称，该地是最早被研究的古地层。

是一种信念，使我能够承受
疯人院那些被囚者咧嘴而笑的脸，
被上帝弃之一边的失败的实验。

阴 影

我闭上眼睛。
黑暗暗示着你的存在，
你陡峭的思想的影子
落在我的世界。我在里面发抖。
不是你的光
使我们目眩；是你的
黑暗之壮观。

      所以，我听着，
我听到沉默的
语言，无结束的
句子。那么，是你正在
对我讲话吗？上帝之言
出于自身之故；我们听到
便有严重危险。我们中间
很多人，急于做你的
中介，他们走向了
疯狂。

      我将在一个
问题丛生的世界睁开
双眼，而我们的教义

保护着我们。弯曲的十字架之影
比你的更温暖。我看见历史的罪人
在它黑暗的门口，
来来去去，他们不会被混淆。

空教堂

他们为他设置了这
石陷阱，用蜡烛吸引他，
好像他会来，如一只大蛾子
从黑暗中撞向这里。
啊，他从前燃烧自己，
在人类的火焰中，
他逃开了，留下让人
不解的原因。他不会再进

我们的圈套了。那么，我为何仍然跪着
要将我的祷告撞进一个石头的
心里？指望我的祷告
点燃什么，并将某个超出理解的
巨大影子，投射到被照明的墙上？

相 册

我的父亲死了。
还是我的我，看着
不是他的他，好像他
曾去寻我
在他的女人那里。

有一些两个人的
照片，手牵
手，不需要
第三人，两颗心，愿意
成为一颗，而不是三颗。

生活，意味着
什么？我在这儿，我在
那儿。看！我突然成为
他们手中的小工具，
用来彼此伤害。

而照相机在说：
笑一笑；时间带来的

伤口总是会被时间

包扎。现在，母亲、父亲，和他

三个人，看着我哭泣。

旅　行

我旅行，学习新的

欺骗方法，微笑而

不是皱眉；灵活自如地

说谎；学习消化

恶意，知道它有助于

我的成功。这个世界

很广大吗？是否还有没被想象力

描绘的领域？永远不要泄露

你对它们的了解。来到这里，

循着河水一直往上

到达它的起点，威尔士的

高沼地，准备分析

它的内容；凝视水面

那平静的瞳孔，它也回望着我

仿佛心不在焉，好像

一个正在沉思自己肚脐的

神；感到了来自

深处的寒冷，我本该留在

这里探究；看着水资源

流走，形成遥远的

海洋，以至人们必须努力
航行在回家的航程上。

罗杰·培根[1]

他做过一些奇怪的梦，

　　　　这是真实的，

他在梦里看见上帝

　　　　向他展示地平线上

　　　　　　一个小孔，里面

　　　　是烧瓶和试管。

　　　　　　彩虹终止之处

不是一只黄金的

　　　　锅，而是各种颜色，

如果被分割，其中就有死亡

　　　　射线的成分。

　　　一些人脸

　　　　　　在他的思想之窗

　　　　对鲜花持有

错误的理解，但他们的眼睛鼓出

　　　　像一个单身牢房的

1　罗杰·培根（Roger Bacon，约 1214—约 1294），英国方济各会修士、哲学家、炼金术士。提倡经验主义，主张从实验中获得知识，有"奇异博士"之称。

箭头。

　　　　然而，

　　他又梦到曲线

　　　和方程

闻到鼻孔里的

硝石味，他看到那小孔

　　　在上帝的一侧，那是知识的

　　　　伤口，于是

他将把手伸了进去，然后相信了。

概 要

柏拉图提供给我们的，

很少不被亚里士多德学派

收回。后来斯宾诺莎

讲理性，我们的方法也被理性化；

他教导我们：爱

是我们存在的

一种智力模式。然而休谟[1]质疑的

正是爱者或被爱者的

存在。他留给我们的

"自我"，正是康德

未能超越的、黑格尔未能消除的

那个东西：可怕的

灰色主体，索伦·克尔凯郭尔

形容为无限地

幽深；它是历史上

暴怒的野兽；微笑着主持

实证主义者们的会议。

1　指大卫·休谟（David Hume，1711—1776），苏格兰不可
知论哲学家、经济学家、历史学家。

白色的老虎

那么美，一如上帝
必是那么美；冰冷的
双眼，一直在观望
暴力，以及与之

达成的妥协；禁锢的笼子
哪能容得下那样
庞大而威严的身体；
徘徊在自己

身躯的阴影里，
转身时，举起
脸上的碎花
盯着我的脸

却无视我。是
雪地上月光的
颜色，安静
亦如月光，呼吸

你可想象，上帝

呼吸，在限制之内，那是

我们对他的界定，他痛苦

因为那不复返的辽阔。

上帝的电影

也有声音？那记录一切的
录音机，什么也没有
录下，除了自然的
背景。那神
讲什么语言？既然摄影机的
镜头，对存在
和缺席，一样敏感，
看到了什么？他的思想
是什么颜色？
那么，它是人们想当然的
屏幕那样的
空白？是光秃秃的风景，
严酷，在地质上
遥远而古老？它的岩石
却是明亮的，覆盖着地衣
被照亮的手稿。一道影子，
如我们所看，落在地上，就像
一个看不见的作家俯身于
他的创作。

　　　　　它不是云

因为并不冷，

幽暗，只因藏在

烛光背后。我们等待

它的移动，静静地

仿佛卷轴转动，我们等待

它投射的身影

进入视野，让

我们认出，而它

并未出现，而我们仍在等待。

缺 席

正是这种伟大的缺席
像一种出席，迫使我
对他诉说，却不指望
回答。这是我进入的房间

某人刚刚从这里
离开，前厅预备某个人的
到来，他却还没来。
我的语言，不合时宜

我把它改造得更现代，但他已
不再出现。基因和分子
不比希伯来人的祭坛焚香
更有力量，召唤出他的

现身。我的方程，跟我的
话语一样无效。还有什么办法？
我的整个存在，没有他的
虚空，一个真空，他不会厌恶吗？

此在与此刻（1981）

朝 圣

有一个岛，没有人能上去
但有几个圣徒，乘一条小船
去了，穿过众多惊恐的脸
组成的长廊，那些早已
淹死的人，咀嚼着海滩的
沙砾。我走上那条
盐巷，走到那间
有着石头祭坛的建筑，蜡烛
已熄灭，我跪下来，抬起
眼睛，看到那个愤怒的猫头鹰的
石像，像一个变小的、
憎恨的神。现在，天空的花窗那里
没有一个人。我来迟了？
他们也来晚了？那些
最早的朝圣者？他是迅捷的
神，总在我们前面，
我们到达时
他就离去。
　　　　在这里，有些人
没有工夫祈祷，每日的祈祷

就是每天所说的，空茫的大海。

每天听到的，不是

赞美诗，而是土壤缓慢的化学反应，

它把圣人的骨骼化为尘土，

把尘土化为刺鼻的物质。

在这岛上没有时间。

潮汐晃动的钟摆

没有时钟；发生的事件

没有日期。这些人不是

迟或早；在这里，他们

只有一个要问的

问题，而生活已通过他们的生存本身

回答。是我

在问。我的朝圣之旅，

是否，只是到达了

我自己？只是为了弄明白

这些，对于像我这样的人

上帝绝不会轻易

出现，除了更难以理解的

黑暗，仿佛他就在这里？

指 引

这语言的沙漠
　　　我们置身其中
路牌上的字"上帝"
　　　已被侵蚀
　　　　　至于距离……？

可怜，傻瓜
　　　还在张嘴问：
　　　　　离上帝还有多远？

自作聪明的人说：你在哪里，朋友。
　　　如你知道，那种微笑
　　　　　　何其油腻
像机器，以为它超过了信仰？
　　　　　我是那些人中的一个，
他们张开双臂
　　　　拥抱未来
看见十字架的影子
　　　落到最光滑的地面
　　　　　令我在尘世跌跌撞撞。

等 待

叶芝说过。年轻时
我欣然接受：
有的是时间。

手指灼伤，心灵
烧焦，嘴里一股糟糕的
味道，我再一次

读他，信任却
不再。哪位律师
有语言的修辞术

可以传授？打破镜子，盯着
亡魂的脸，试着
脱离拐杖，行走在

坟墓的边缘？此刻
信仰的凌晨
时分，唯一要掌握的

雄辩术，是
低头，弯
膝，等待，像在严冬的

终点
等一朵花，开放在
心灵的荆棘之树。

通 信

你问我为何不写信。
可有啥好说的呢？
海湾的咸水循环
往复，像在思想里
重复无数次。有什么作用？
在岸上留下了难以辨认的
字迹。如果你在这里，
我们也许会为此争吵。
人们成群经过这片海景，
茫然无知，一如穿行在布满
杰作的画廊。我不停寻找意义。
海浪是可攀登的移动
楼梯，但只能是在思想中。
从顶部坠落也同样
陡峭。年轻时，我以为真理
会出现在地平线那边。
年纪大了，我呆着不动，它离我
还是一样遥远。如此絮叨
令你生厌吗？它们解释了我的沉默。
我希望，对上帝的沉默
也能有如此简单的解释。

过去完成时

因为无事可做
所以我才做功；因为沉默是金
我打破沉默。一个真空
我置身其中，死去的
语言的回声。没有转角
又能转去哪里？弯曲的
空间，我不断抵达我的
始发地。没有留下未被举起的
石头，翅膀却总是缓慢
启动。在精神的等候室
我遭遇了时间的
麻醉剂，我的创伤
却没有被治愈。你在哪儿？我
大喊，在此在与此刻的
间隙，逐渐变老。

集市日

他们从地里来
靴子上沾着露水和金凤花的
粉末。不是他们，也不是
他们的祖先，把基督钉死在
十字架。他们抬头看见
那城市对他的所作所为
把他的身体吊在石堆上
一副石十字架，仿佛在纪念
他把神兽带到
海湾，并使他自己伤残。

他被吊得很高，但更高的是
未来的起重机、
脚手架。他们站在一旁，
这些来自过去的人，他们的角色
是在过去的毁灭中
充当帮手，把自己的野兽带来
把它们的血供给
一个次等的祭坛。
　　　　　这小城

是恶毒的。它会壮大，它赖以
壮大的养料，是这些人
所谓的家。这里
有赞美吗？只有噪音：
买进、卖出和抵押
他们的良心，而那双石眼
泪水全无，看着下面。眼中
甚至不再有愤怒。

七十岁生日

由组织和 H_2O 构成，
被细胞的火力
激活——啊，心，你个人的
传奇！我可曾发明了
它？它是否依然如故？

在跟其他女人的
竞争中，你必然获胜。
正如叶芝所言，时间
是藏在脸颊之玫瑰的毛毛虫，
不知疲倦地摧折你的花瓣。

你正在漂走，乘着
你的白发之波离去。
我斜倚骨头的枝干，
知道我伸出的手，
什么都不能挽救，除了你的爱。

单 向

有一个边界，
我借以穿越的护照
是人的语言。回头看去
是沉默，是
手的森林，摸索
看不见的东西。我
命名它，它
就在这里。我递上
词语，它们闻了闻
气味。空间弯曲，时间
被侵蚀。有一个存在
却不回答。上帝，
我低语，试着改善
我的技术，在我掌握的
频率上给他
发信号。但是
在嘈杂的空气中
总有一个基站
是关闭的。

     存在

另外可选择的
媒介吗？有人声称
能够打电话让他下来
不知餍足地畅饮，
在这黑暗的血泊边。

地中海

水是一样的；
不同的是反射。
维吉尔照过这面镜子。
你也许不这样认为。

灯光的珠宝卡在鱼的
喉咙；打开
它们，你也许会找到
一枚减色铸币去纳税。

蝉鸣不止。若想
在冬青树林寻见它们
就仿佛试图把一首诗
翻译成另一种语言。

老 年

六十岁了，还有寓言
长出，对语言的
占有欲。没有一本
生命之书，准备删除
一个人的名字。审判日
即我们在此
参与的审判，它的裁决，
未来毫无兴趣。存在
没有语言的判决吗？
　　　　　　　　上帝
即祈祷的方式；停止
言语，就只能
沉默。上帝
有他自己的沟通媒介吗？

星系存在的意义是什么？
星光不断向地球的
废弃之地传送，一如
向城市送，不过，只传送
寒冷的消息。有一种

随机性，骚动

持续在核心，那里应该是

永久的和平。

          一个人的影子

落在几百万年的

岩石，而他的

思想，到那黑暗的

池中喝水，在离去时却依然干渴。

鲜 花

鲜花的后面
是另一种鲜花，
永恒的理念之花，在我们
想象时，闻到的那
一个，仿佛我们
经常摘取的花朵；理念之花
具有一切鲜花的
完美，纯洁、
却不脆弱。
　　　　难道这是
上帝计划的一部分，
让人类拥有了
鲜花？鲜花是那么多
那么美丽，它们的脸
让我们想起我们自己的
孩子，虽然它们没有痛苦地
来自球茎的子宫，我们打扰
它们，当我们经过，它们
垂头，看着我们不真实的
行进。

如果鲜花有思想

难道它们不认为，自己就是

永恒的颜色？一扇敞开的

风景之窗，匆忙的人们

必定到来，凝视，然后离开？

晚期诗选（1983）

门 槛

我走出思想的洞穴，
进入外面更糟糕的
黑暗，万物从那里经过
上帝不在那任何一个之中。

我听到平静而微小的
声音，那是细菌在毁坏
我的宇宙。我
太久逗留在这

门槛之前，我能去哪里？
往后看，就是失去
灵魂，我一直领着它
奔向光明。往前看？啊，

需要保持怎样的平衡
在如此深渊的边缘。
我是孤独的，在这
转动的行星表面。但是

怎么办，像米开朗琪罗的
亚当那样，把手
伸入未知的空间，
期待一次同等的抚摸？

立约者

耶稣

他没戴帽子，他生产，比如说
从袖子里，给他们提供
来生之问题的
答案。答案在这儿，
他轻拍额头说
仿佛一个人
在指导白痴。众人皱起眉头

拿石头
惩罚他与真理的
通奸之举。而他俯下身
在地上写字，斜着眼看
看他们，各自
退回心灵的玻璃屋。

马利亚
典范中的典范；
纯洁的微笑

对着那永生的婴儿，

我的肖像存于
世界的画廊：
成为母亲，却没有

丈夫；我的面色，
贞洁。肉体的摇篮，
是为并非出自肉体的

那个婴孩。
唉，你们画家
真假参半，诗人

远超你们。
他们懂得
看，我的眼睑下面，

如透过彩绘玻璃
窗，看见那个婴儿
必须攀爬的山，

看见可爱的使徒书
附带的
那个不诚实的吻。

约瑟夫

我知道我所知道的。

她否认了。

我和她一起

走过很长的路。

我的种子就是我的

种子，智者们

追随的是

星星。他们给我们的礼物

没有用。我教他

真正的行当：种

粮食。

        他离开了我

去找一位新主人，

新主人教他为自己

造就了一副十字架。

拉撒路

那不容置疑的召唤！春天的

不安弥漫于干枯的

叶子。他站在入口的

墓前，从他的眼中擦去死亡，

而思想的泉水轻快地

重新涌出，再一次

灌溉荒芜之地，为了血的种子

重新萌芽，那里理应绽放玫瑰。

加略人犹大

摘花偷鸟蛋

诸如此类，都是他的母亲

溺爱所致，从树下路过

他会爬到树上却不会

意识到，透过树枝

看见云中上帝的脸

和倒映在水里的

天空，是那水把他养大

是一个精明而有才能的青年

成了门徒心中的

司库，的确受到某种

无节制的挥霍伤害

主人出去了，出于他的

自由意志，做他必须要做的事。

保罗

错误的问题，保罗。我是谁，

我是主吗？这是你应该问的问题。

答案，当然，一个我们很容易

踢几下的人。

有些事情，你的看法完全

正确。比如，关于爱

我赞同你。但是，婚姻——我可能想得

太多，在那场大火中已把它烧了，

这一点跟你显然不同。

       不过，你还是一座山，

传承了拿撒勒的木匠的

教导。神学家

几个世纪围绕在你的身边

却没有一个比得上你。你的信

仍无回应，但它们被收信者

保留而幸存。而我们，在它们逻辑的山脚下

蹒跚而行，虚度光阴，感觉我们隔着

深深的裂缝，凝视着那些

活着的耶稣不会愿意得出的结论。

逐 渐

我已来到理解的
边界。请指导我，
上帝，是前进
还是后退。

说我是个孩子，
那是假装谦卑，
与我并不相称。
毋宁说，我和那些人

头脑一致，所有的
思想方法，都不够清晰。
我需要一种技术，
并非物理学的那种

记录你存在的
普遍性。无数祈祷，
一千种语言
对你诉说，而你懂得

它们全部。对你，自由
就是摆脱我们太过人性的
五觉，它们点头
我们就会死。请你

进来看吧。暂且容忍
残酷的驯化，在你存在的
地方，一座花园
在爱的树枝下，完善我们的无知。

一报还一报

在那黑色三角的

　　　　　　每个角落，性

编织着它的网；人物

被诱捕；德行

走上自毁，情欲伪装成

　　　　　　爱情。生命本能的

欲求，本身就是原罪。

没有人能解释为什么

在她的形体成熟之际

肉体的第十五阶段

　　　　　　是那么无情地艳丽夺目。

世　纪

十五世纪敲着鼓，身披盔甲；
透过心灵的栅栏，修道士看着它走过。

十六世纪头戴帽子，敲响钟声
从一个国王的笑声中，盗取词汇。

十七世纪脖子上竖着
蕾丝衣领，血肉从思想的烛光里逃出。

十八世纪发着高烧，热血沸腾，
却利用智慧的鼻烟畅通它的鼻孔。

十九世纪从历史的洞穴诞生
揉着眼睛，展望玻璃外的前景。

二十世纪正是它所期待的，
翅膀拍打在不存在的窗户上。

祖父祖母

随着视力的衰退

却看得更清，表达中

有什么不见了。耳鸣

到来，寂静

在示爱之前比以往任何时候

更响亮。手，仍然

出意外，却没有医院

愿意接收。如同驾照

过期，他们却单方面

保留，总有角落

可供留存。住处，是一个

奇怪的房子。门上

看不见的字母，写着名称：

家；却不是一个可以返回的

地方。在地板上

是不安的微笑；

餐桌上，杯子未洗，曾经用来

畅饮幸福。窗口

是他们自己，凝视

一个无法到达的

终点。声音

在呼吸的寂静中；

勉强的身体，好像

已经走到各自，最后的一程。

历 史

它出现在我们面前，
　　　　搓着干枯的双手，
引用着尼采、
　　　　叔本华的书。

给我们唱呵，我们说，
　　　　更多阳光普照的地方；
平静水池边的孩子
　　　　增加了阳光的反射。

在泪水的沙尘暴中
　　　　它仍未得到安慰，
记住十字军东征，
　　　　记住酷刑，大清洗。

但时间流逝；
　　　　它犯下奸淫之罪
因此，它承担了
　　　　持续哭泣的原因。

岛

在所有事情中，要记住
这一件很特别：佛
盘腿而坐，反驳着
邓恩，他自己是一座孤岛

被广阔的空间和时间
包围。从他的肚脐上
长出一棵树，树冠
是知识。当树叶落下

他计算它们，那是从上帝
无形的嘴里说出的
话语，把他的思想
清洗干净。他看见

水面上，这世界的商船队
在靠近，永远不会
到达，会下沉，每一艘
因货物的重量而沉没。

突 然

长久沉默之后

他突然变得健谈。

他从多个方向

对我说话，流畅

如水，清晰

如绿叶；他以基因，

我的存在之组件

对我说话。岩石，

无言，却是他的诗歌

图书馆。他通过链锯

向我歌唱，用外科医生的手

在皮肤的羊皮纸上

写下治疗信息。天气

是他思想的涡轮

推动地球的庞大身躯

在改善的进程上

转动。我不必

绝望，就像

在外邦人的第二个

圣灵降临节，我倾听周围的

这些事物：杂草、石头、仪器、
机器本身，一切
以各自的方言在对我说话
出于那唯一者[1]的目的。

1　唯一者，指上帝。

到 达

没有想到
　　　你一直寻找的
　　　　突然
　　　就遇到了

威尔士山间的村庄
　　　　没有灰尘
　　　没有路出来
但有你进来的那一条。

　　　绿树上
　　　一只鸟在报时
什么时辰，你也
　　　不懂。一条河，磨磨蹭蹭
为你拿来一面镜子
在那里你也许看到自己
　　　如你所是，一个旅行者
　　　带着头上月亮的
　　　光环，经过长途旅行后
　　　终于到达开始的

地方，惊奇发现

一个真理

在这里，一切都可以期待。

纪念大卫·琼斯 [1]

因为你去过黑暗的森林

听到过命运的夜莺歌唱，

人们倾听你，你告诉他们

死亡多么常见，生命却只有

一个。炮弹的震响

死者倒下，却没有

复活。你从骨头学会

刻字，那些挺立的大写字母

描述他们曾经如何做人。

人们行进因为他们活着，

寻求圣杯，而它却被古老的

复仇女神 [2] 看守，得用鲜血

湿润她们的嘴唇。欧洲赋予你

独特的词语，但你的手练习过

一种更早的语言，编织时间的枝条

1　大卫·琼斯（David Jones，1895—1974），英国诗人、随笔作家、画家、雕刻家。出生于英格兰肯特郡，但他的父亲是威尔士人。他的战争题材诗歌很有名，艺术作品也许更有名。

2　古希腊神话里，复仇女神三姐妹是天神鲜血生成；也有一说，她们是大地之神与风神的女儿。

构成士兵被困其中的丛林，他们是爱的
牺牲，带着圣女的微笑，镇定
像一把刀举起，如同举向她的初生子。

那一刻

夜已黑？他的内部
更黑，进入
更危险。外面有人
低语？是他在与自己

密谈，我们的命运
在外面，我们的呼吸之窗口
的听众。在他心里
有没有"不爱"的成分？

那一刻，在心灵的
花园，他顺从自己的
意愿，想象那棵人之树，
我们一直激烈地对抗他。

小步舞曲

不要总是想着

灾难，有些

小杂草，底下有

毛毛虫，那是生命的证据，

美丽的事物，常诞生于

物质的毁坏。

蝴蝶没有

时钟。它在哪里

哪里总是中午，太阳当空。

花朵给它什么

就吃什么。风车转动，它的

翼板，不为了碾磨

而是另一个飞行者

到达的信号，空中常有

舞会，翅膀

舞动在看不见的

舞厅，伴随着音乐，

我们听不见，对它们来说

却好像永远不会停止。

奏鸣曲

夜晚。起风了。

树叶聚会的

激动，钢琴演奏

贝多芬，和弦回响

在我们双重的存在里。

　　　　　　"生命是什么？"

她的眼睛，令人怜惜

在问。我不是先知，

握着她怯生的手看了看，

像一个纯粹的

数学家，沉浸在

解题中：斜线

取消斜线；角度

平分；生活的线

偏离理智的线；一条

为她展开的道路，

不是我的道路。

　　　　　　而音乐

继续，带着半音的

强调，在那间幽暗的客厅

琴键上的月光，热情宣告，

我们的艺术，就是我们的意义。

安魂曲

我向成熟的热望伸出手；

一柄剑生长、又枯萎，

在血液中。当我再看时，

是谋杀；怒冲冲的平民

剥夺我的所有。但国王的头

靠在他存在的空水槽，

他赦免了我。我用火枪

对准目标，用铅弹，在他们的

马匹上书写。歇斯底里的女人，

我的战利品，我给予完全的

服务，我在空地再次播种。

哈利路亚！钟声的轰鸣响起。

我建造了一座大教堂——

给谁？大量的

石头、哑嘴、瞎眼

装饰它。时间的手中

顽皮的凿子，扭曲了

旁观者的脸，他们

活着，为了作证。

向内生长的思想（1985）

祈 祷

波德莱尔的墓
离科学之树
不太远。
我的墓，也一样，
我尝试，却未能
进入科学的领域，
在可见的某处
诗歌之树
披着时间的绿叶，
它就是永恒。

巴勃罗·毕加索:《格尔尼卡》

前一天
　　　是平静的。
在后面的日子
　　　一幅新的杰作
诞生于想象漫游的
　　　被毁灭的城市。
除了天才，谁能重新组装
　　　骨头的拼图？
公牛最终
　　　获胜；被扔上天的
人类彻底堕落——
　　　下坠，永不会
到头。这是完全
　　　颠倒的爱。画家
沉入尖叫的
　　　底部，再浮出
为残暴之花
　　　献上他的感情。

本·沙恩[1]:《父与子》

时代在变:
不再有膝部丰满的
处女;这孩子,从
邻近的天堂,跌落。

天国遥远,远在
被炸毁的小城背后。这婴儿
也是人,被深情拥抱
像一个人类的错误。

父亲紧绷脸,神色严峻,
走向一个无家可归的未来。
母亲抢救出她母亲的
画像,拿在手里,却拿倒了。

1　本·沙恩(Ben Shahn,1898—1969),美国画家、版画家。

勒内·马格里特[1]:《在自由的门槛上》

它所表达的意思是：
　　　　你必须顺应
发明。肉体，
树木，住宅，林中的
　　　　　　谷物，
它们都是脆弱的，不应
　　　　　　被射击；
只有天空是
　　　靶子。
　　　　　受到挑战，
发明者也许声称，
　　　他所要的，只是
让它消失。
　　　　所以，搬走
将那些画搬到
　　　人文主义者画廊
那边；打开窗户。
掉转枪口
　　让它无声怒吼，
对准那被限制的观念。

1　勒内·马格里特（René Magritte，1898—1967），比利时超现实主义画家。

罗兰·彭罗斯[1]:《库克船长的最后一次航行》

美，是因为美

　　　　没有手臂

拥抱你的理性。

他扔掉理性的

地球仪，就开启了

他的处女航

走向肉体，它也是冰山

触到，我们

　　　　就会遇难。

在永恒的背景上

　　　　是时间的牢笼的

影子，那里，在航行时

我们因为无风而被迫停止前进

聆听回声

回荡在神经的索具里

　　　　来自遥远的风暴

那是精神的喷射

在极地的空旷之中

1　罗兰·彭罗斯（Roland Penrose，1900—1984），英国作家、艺术评论家、超现实主义画家。

黛安娜·布林顿·李[1]:《一个孩子的画》

所有人,妈妈和爸爸
都在各种不同的伪装下——
　　　　这是我对他们的报复
　　　　因为他们生下了我。

哦,是的!跟我玩的
玩具,我是它们
　　　　存在的理由。我要
　　　　报复它们,给它们爪子,

阴间的标志,
它们属于那里。你能想象
　　　　洋娃娃狂吠吗?因为
　　　　怎样的趣味,小猫把它的

尾巴变成一条蛇?
还有喇叭,喇叭代表一切
　　　　在我的托儿所,它指向
　　　　绿帽男人,我知道我父亲可能就是。

1　黛安娜·布林顿·李(Diana Brinton Lee,1922—1982),
英国超现实主义画家。

目的地（1985）

口 信

来自上帝的口信

由我窗前一只鸟儿

传递，带来友谊。

听。这样的语言！

谁说上帝没有

语言？每个词都是一剂注射

令我微笑。来见我，

信上说，明天，这里

同一时间，你会记得

今天多么美妙：

没有痛苦，没有烦恼；

如有神秘没有解决，那也

无关痛痒。我给你 X 光一般的

眼睛，不是让你

展望，而是去发现

爱的肿瘤，是

非恶性的。你也是一个病人，

麻醉在真理的手术台，

生活，一柄绿色的手术刀

在你身上做切割。明天，来见我，

我说，我要为你，把它再唱
一遍，在你到来的时候。

一个诗人

厌恶被一种细致的大度
缓解，生活的爪子
裹进最纯的亚麻布里——这个人
邀请历史共进晚餐，
以最讲究的方式
吃提供给他的每一道菜。

孪生的美惠女神，耐心
与真理，等候在
桌子边，烛台的
鸢尾花燃成一簇
在细茎上绽放。

他从哪里来？
需要时，就化身
为蛹，卷着翅膀
出现，却不被专家们
认出；他现在
优雅地，展开双翅
耀眼夺目，帘子拉上了，

一种新的冷淡
在野蛮和我们之间弥漫。

作为不带傲慢的
艺术代言人，他传授飞行的
真正目的，那就是
要敏感，不过，对内心的光
也不能忽视，要保持在
一个最微妙的轨道上。

不可征服的人

勇气让路于

绝望，绝望让路于

受苦，而受苦

以死亡告终。你们

没有自由选择

受怎样的苦，却可以选择

你们的反应。我知道的

农民，生来患上

他们的那种病，风吹雨淋

体无完肤，他们气喘吁吁

只是因为一口痰；他们耗尽资财

只为他们患肺病的儿子

赢得一份职业，而他的身体

却无法对付。他们骄傲地

活着，看着灵魂，

如钻石，棱角分明，可分裂

成为细小、坚硬、圆润、干燥的

石子，使人说不出话的

东西。他们死去，就是

勇敢地了结，绝不抱怨，

在雨水击打的屋椽下。

目的地

我们走向光明
却遭到黑暗伏击；
一个无形的客人扣留了我们，
他什么都说，却没有任何意义。

这是阴谋，我说，
大时代的阴谋，反对
理性，反对我们内心
所有可能超凡存在的东西。

我们互相看着。
这是默契的沉默，
还是失去联系的
两个心灵之间的真空？有一种成分

在思想中构成自身的
障碍。我们一路走来，是否
觉察？混合的声音
促使我们将我们的信任

付与骨头的智慧。记住，
它们对我们委以重任，你们肩负的
未来，就在你们的
开始的地方。是否有相反的

命令？我倾听，像听着
遥远的星球上没有潮汐的
大海，我知道，我们的方向
在别处；是的，向着光明，

但是，并非向着这样可用的
矿物；而是向着内心的地平线上的
光明，那是科学
借助爱的镜子，使自己容光焕发。

另一个

有些夜晚如此宁静

我能听到远处的猫头鹰

在叫唤，还有几英里外的

狐狸。数小时，我躺在床上

在乏味的时光里，清醒倾听

大西洋的某处涌起的海浪

起起落落，起起落落

一浪高过一浪，海水涌向村子附近

长长的海岸，那里没有光

也没有人。于是我忽然想到

另一个人，也醒着，

让我们的祈祷，如海浪，迸溅在他身上，

不是像这样几小时，

而是多日、多年、永远。

确 信

教堂里有一张脸
双手交叉
在它上面，仿佛在祈祷，
却从指间
窥视会众，似乎想看看
他们在聆听牧师，还是自己。

布道的间歇
有一只昆虫，窃窃议论
另一位人生的
评论员，就算是吧：
不，不，不，意思却是肯定
对手。这就是为什么
他们打成一片。如果布道者
是不朽的，他的布道
就不是。有那么一刻
它向那里爬去
死于大钟，准确的
一击。听众
起身，一个一个

回到家里，却还是异教徒

在他们的确信里，他们认为时间就是上帝。

阿门实验（1986）

公 式

冷藏在核冬天
骨头帐篷里
灵魂，我们没有
以迟钝的语言

备好墓志铭，
只有那方程式
如思想的胎衣，挂在
桅杆半中间：E=mc^2

松　果

你的设计简单，
它们的变化
无穷尽：叶子的经脉，
贝壳的螺旋线，星星
向下旋转，到达心里
一个点；心也从
那同一点向外
旋升，进入太空。

令人振奋的是，穿越时间的
旅途，我们没有转回
同一地方，只是从远处
认出了它。这是我们
记住的梦，因此，我们说出：
"我们曾到过这里。"
事实上我们与它的距离，
等于从松果的一侧
到达另一侧，而在中间
是错误的开始、失败
和废墟，我们爬上废墟，

不为俯视，只为感觉你的一瞥

在下一个旋转的角度，落在

我们身上。

     上帝，我们寻求

并非你诸多的映像，虽然在活的纤维中，

它们也很美妙；在松果的尖顶

有你可能的在场，我们在希望里

飞升，抵达寂静的

中心，爱，在那里，

调节所有频率，

频率由两个心灵的旋转

设定，一颗心在另一颗上。

证 词

第一个站起来，向基督作见证：
被按照人的形象造出；他却使我怯懦。

第二个站起来：他在教堂的
彩绘窗口，向我显现。我看穿了他。

第三个：爱情的病人，我带着
病弱之身走向他，却没有被治愈。

第四个站起来，两腿夹着
一把剑。他说："他来，不是为带来和平。"

第五个，时代的孩子，把时间
浪费在追问永恒："谁是我的父亲和母亲？"

就这样，十二个人模仿门徒说话，他们去往
那些骨头宝座，在那里评判别人。

苍 蝇

而苍蝇说："无事
可做。就落在
这里好了。"无运气；
也无毒害。人走在
街上，百毒不侵，前途
辽阔，追寻完美。苍蝇
擅长这点；飞行
填满时间，轨迹的
细线，给空间绣出
一张无形网，从光谱中
织出彩虹。人有目的地
执行计划：不朽、
真理、杀害不会被杀死的事物，
比如时间、爱情，
一个属于人类，另一个
属于苍蝇族。
　　　　　什么
是完美？是匿名者的
专利？一个框架，装起
便于轻松将病毒

成功传送

到弯曲的鼻孔？

     我不会

在这待很久，我见过

（在人群中）扭曲的

身体，顶着爱的光晕，

散发光芒，

悬浮在那儿的苍蝇，比尘土

更细微，他们说

人来自于尘土，我说

人不会归之于尘土。

树 林

一片树林。
一个人进入；
以为认识林中的
路。古老的复仇女神
接踵而至。他是否
出现在正确的头脑里？那
同一人？多少年
过去？亿万年？
何为正确的头脑？"同一个"
什么意思？复仇女神
不换衣服？当树林被砍掉时，
同样迅速地生长，就有了
新的斧柄。
有一个谣传，来自树林的
中心：有人眉头
紧锁，内心
通畅，打坐
沉思——佛陀、
柏拉图、布莱克、荣格——
名字变换，身份

如一，纯粹的存在，等待
被企及。难道他遗失的，
是"自我"？这就是为什么
他走进树林，无视
没有尽头的
迷宫的警告？他必须
重新开始多少次？

传 记

人生琐事：不要付诸
纸笔，交给时间的
垃圾桶。你有何
特别之处？写出了那首伟大的
诗？知道如何
回答：少何时变成多？

你发起战争，动员也许
会屈服于电视的钢琴。
你第一个参加
争夺银杯的竞赛？那东西
饮酒用不上。你跑得够快，气喘吁吁
回到家里，回到语言的陈词滥调。

你够高吗？你最好的故事
比你高，越过你肩头看向远处。
有一棵苹果树下，一个女孩
徘徊不定，好像因为你。
其实并不是，但她接受了
你，因为更好的没有出现。

不多财产中，恐惧

属于你。勇气，只是你的

短期借贷；建一所房子，供妻子

携美德住下。在外冒险一试

周旋于各种刻薄与小气，

众人所有的，你也都有。

你是变动的？时代如此；

你的标准如此，欢呼

昨天，要被谴责；

而明天，会被遗忘；

你在应该右转时左转，

只为证明决定论也会出错。

一个人来到你的后门，

皮包骨头，破衣烂衫，

要求得到一个吻，也许能使你们，

你和他都发生蜕变，但你不愿意，

迎面把门撞上，结果

发现他等在你的床边。

仪 式

并非国际

知名，但也是国际

通用的词汇，时间的

混语诗[1]：μοορα，desiderium，

brad，lavida

breve，despair[2]——我是

一节骨头，万物在上

将信息敲打，给那

飞扬的心灵。忠信于

翻译，策略就是

规避我的资源。它看着我

跳着舞穿过中世纪，

用鹅毛笔写下

它的诗。

有什么

像语言丰富

让牧师们

1　文学修辞学上指两种语言混合的诗。

2　此处作者分别使用了希腊语、拉丁语、威尔士语、西班牙语、意大利语、英语单词，基本意思分别是：命运、渴望、背叛、生命、短暂、绝望。

将我埋葬其中？他们把祭服

换成白大褂，

碌碌营营于

没有书的实验室，他们侍奉的

仪式，在语言之外

是这类人的最后圣礼。

打电话

电话是识善恶的
知识树上结出的
果实。可以打给
所有人，除了上帝。

给他电话等于宣布
他离得很远。
拨零，等于
否定他的存在。

许多次我拿起
听筒，听着
畅通的音，那是科技
在呜呜叫；是诱惑

在实验。
信号密码使我
接通上帝，对着如此
广泛的驯化嗥叫。

对立面

有一种时钟的
述说，那持续的
散文，是所有
诗歌的潜流。我们
倾听，像在荒岛上，
在一只贝壳里人们听
他们的血，克制的音乐。

牵我的手吧，它是
做成的岛的
骨头，看着我，说说
爱的钟面上现在几点了？
我们在这里没有事，除了
反驳时被钟独占的确定性。

窗 口

假设他是任何地方的
任何一个人，被安置在
人生之窗前，充满食物
和珠宝；他伸出手
被玻璃挡住；
他砸破玻璃，就会
伤及自己。

　　　　他是否要成为
诗人，在想象中
得到它们，或做个传道者，
自我表扬，因为
放弃它们？

　　　　如果被叫来的不是他
那又如何？我愿把制造商
安置在那儿，让他们看到
向内凝视的眼，让他们溅上
商店抢劫者的血；让他们吃
诗人的食物、靠牧师的零钱
活下去。

　　　　我看见百叶窗

落下，在欧洲，在整个
世界：富人什么都能卖，
穷人什么都买不起。

退 休

终于爬了出来
大胆登上悬在
海或天之间的
国家的大枝。

避开我逃避的，
这里有罕见的宁静，
尽管飞机嗡嗡作响
提醒我深渊的存在，

比海洋或天空更深，文明
可能陷入其中。陌生人
走来，一点一点靠近
以致树枝都开始弯曲，

更远离云朵的
芬芳。我必须
找一些影像
安慰自己？有时

甚至镜子都会
蒙雾，因为身后
某人的呼吸。我
守在自己的位置，目睹

季节性的迁徙，
必须尽力
满足于这一认识：
爱和真理，没有

翅膀，像我
是这里的居民，默默
练习各自的啼鸣
面对最苦寒的冬天。

问 题

应该抛开矜持
连同连衣裙。谁说的？
那么，应该抛弃信仰
连同衣领？少女
跟男人上床，钻进他怀里
裹在被单中间
对抗周围的无爱。

牧师独自躺下
与黑暗面对面，
虚无，虚无又生虚无。
"爱"，他抗议，"爱"
在于跟一个非身体的
精神交配，他听回声
逝去。煎熬，猫头鹰的诅咒。

床做什么用？下半夜
不休息？没有证据表明
睡眠有利于星星与思想的安宁？
那么，告诉我，经过一夜的

爱和祷告，除了疲倦地
起床，打哈欠，进入白日梦，
没有事情可做？

照镜子

我和镜子
有一个游戏，走近
它，当我不在那里时，
仿佛出其不意带走

那个自我，老熟人。
徒劳。像一个人
永远埋伏着，无论快或慢
我抬头，它也抬起

它的头，当场抓住我，
解除我的武装，因为太熟悉，
它常直视我的脸
正如我狐疑地斜视它。

耶路撒冷

一座城市——名字
完好无损。不要
碰。让穆安津[1]的
哭泣，让基督徒

热血的呼唤，让来自
旱地的大风
像精神
飘过烤焦的墙壁。时间，

吞食它的孩子，在这里
窒息于这样一个事实：
爱，是在高处
屈尊被处死的。

1　穆安津（muezzin），伊斯兰教的宣礼员。

利恩的灌木丛

不是行走的树。

我是静止的。它们忽视我，

那些鸟，迁徙的

候鸟。啼鸣

使树林吐绿，

花蕊绽放。透过

树枝像阳光，

从三英尺外

看着我，眼睛明亮如黑莓，

却看不见我，无法把我

从细枝分开，在这里

我被关在笼子，它们是自由的。

        如果裂缝里有食物，它们也许

栖息我身上。它们用影子网住我，

声音拂拭我，它们给自己的弓

插上羽箭，飞走，

留下我思考，一个不曾

想过的问题。

"我是永恒在时间里的

一次重复。"这就是答案。别害羞。

逃离思想的

尘世牢笼。你的迁徙

永不结束。在两个真理间

唯有心灵去飞翔。

让星辰导航，它们不像从生命

短暂的树枝坠落的

树叶，它们是想象的喷泉，

浪花飞溅，无止境

以自身的水补充自己。

荒 野

这里美丽而宁静；
　　　　　　空气稀薄
像大教堂内部

期待一次显灵。这里
　　　　　　鹞隼出没，
从空无中现身，雪一样——

柔滑，却长着火焰的爪子，
　　　　　　将裸露的土地
平分给逃离的猎物；

盘旋，激起猎物最初的
　　　　　　尖叫，忽而在此，
忽而不在，如我对上帝的信仰。

通 道

一开始我们很亲密
走得更近，我发现
他越来越远，他的存在
被影子所取代；

光越近，阴影
越大。请想象这个发现的
痛苦：它越来越
小。在头脑里，

有一个理解他的
漏洞吗？甚至不能指点，
说：神，在此溢出。
我曾有个执念，认为

即使人的存在，也会
在出现的地方留下痕迹。
现在，只有冷静的光
倾泻在缝隙中

只有持续的神秘

在质疑神圣之化石的

资质，给我们的思想消毒杀菌

为了把它发射到外层空间。

一个国家

它不属于哪儿，

        但我熟悉它

像一个人

熟悉一首歌。

        我知道它的背景，

            云的露台

是想象的

        空中花园。

没有太阳

        升起，也就没有太阳

落下。心灵

充满光明

        却没有

            任何阴影。

                不可见的喷泉

嬉戏，尽管裙子

是丝绸做的。

        那么，谁在那里生活？

你问，谁在那没有

金属设施的公路上行走。

　　　　　　一个

用诗歌

　　　　交税的民族；修补他们破碎的

名字；把过去磨穿

作为一个扣眼，联结他们的孩子

　　　　　　　　　跟未来的一切。

目 标

声音从大地传出——

动物、植物、矿物的声音——

"痛苦，美丽——为什么，为什么，为什么？"

告诉我真相，求你

赐我悟性。"

       而玫瑰

浪费着音节；岩石固定着

凝视；白鼬啜饮

一只肥兔子的血。

        有一个人，

叶延·摩根，一心想着

投石器，走在路上

经过蜷伏的教堂，

上世纪的教堂门

仿佛炮管，既不认识也不关心

瞄准了他，

一个不被标记的人。

回 复

车轮是否赞美，

    朝着不必要的方向

前进时，是否对自己

    哼唱？分子是否

鞠躬？在怎样的摇篮前

    锶和钚，来自远方的

旅行者，是否拿出

    小量的礼物？当他们

准备创造高昂的奇迹，那盲目

    空间高高的天窗，

有什么丢失在

    螺栓和铆钉的

合唱之中？怎样的圣歌

    传播的中断，

回响在帕特莫斯岛[1]上空

    我们的电脑必须把它插入真空？

1　帕特莫斯岛（Patmos），在爱琴海东南部，属多德卡尼斯群岛。

治 愈

"我们坐在树下

正当榆树

吐绿。那时

吉耶梅特·贝内[1] 对我说:

"我可怜的朋友,我可怜的朋友,

灵魂不是别的,

只是血。"[2]

　　　　　这是她

在富瓦[3] 的证词。检察官,你想

让灵魂成为什么

逃避你严格的清洗?你们的基督

为你们而死;你想让它们

为谁而死?

没有回答。他面无表情

退回沉默,从中

历史复活了一切,

1　吉耶梅特·贝内(Guillemette Benet),14 世纪法国天主教
的一名女信徒。

2　引自《蒙塔尤》(*Montaillou*),埃马纽埃尔·勒华拉杜里
(Emmanuel le Roy Ladurie)著,芭芭拉·布雷(Barbara Bray)
译。——作者原注

3　富瓦(Foix),位于法国南部比利牛斯山区,阿列日省的首府。

除了我们的理智。

同时，与西边的
几个联盟，如一次恩典的
化脓，如弄脏的喷泉
在嬉戏，那里，科学家收集
细菌。他们的说法
被水面上童贞的微笑
驳斥。神圣的教会
已变得明智，意识到
贫血的灵魂不能取代
骨头的需要。
　　　　　那时，
头脑已厌倦于
向极限之外
朝圣——难道没有
思想之泉，与头脑相邻，让它
沉浸其中，从而见证显灵
哪怕一万次中有一次，
扔掉它的拐杖，就足以证明
有一种力量，不同于它本身？

复 习

天堂给思想简单的人

　　　　　提供

无限的住处。

　　　　　　请原谅，

赞美诗作家们，如果轻浮代表

　　　　"阿门"。太多的东西

仅仅依赖于押韵的

　　　　　急切。你绝无可能

将"奇闻"提升为圣歌[1]

　　　　献给天父。

　　　　　　　告诉我，

真理的胜利，是否紧随

　　　　一份休战协议？

　　　　有多少

人类的祈祷假定了

　　　　一位窃听的上帝？

　　　　　　一位主教

　　　曾提倡对面包和酒

1　圣歌（antiphon），指在宗教礼拜仪式中教徒朗诵或唱诵的《圣经》段落。

进行分析。我，不是化学家，

　　　　　只好把他的沉默之录音

对自己，播放一遍又一遍。

威尔士风貌（1987）

西海岸

这里的人们
　　　　生活在广阔
空间的边缘。
　　　　阳光倾泻在身上，
他们抬起了脸
　　　　任其冲洗
仿佛孩子。他们的头脑
　　　　也是孩子们的头脑，
是浅浅的水池，由许多的日子
　　　　看顾，像他们
在长长的队伍中走过
　　　　却哪里也不抵达。
　　　　　　他们是
　　　　时间的挥霍者，不过
总有超出了需要的时间
　　　　让他们口吐莲花
讲述一个自己的故事。
　　　　　　在田野里，
背对血红的一片
　　　　天，他们竖起稻草人

仿佛自己的同类：交叉的四肢，

    破布遮挡

皮肉，他们吓走的，

    远不止是飞鸟。

淹 溺

不可替代的、易被遗忘的
教区居民，他们说
威尔士语。我旁观，发现
他们人数一个一个在减少。

本不属于土地，却在临死时
贡献于它，一种肥料，并非这词
通常所指，而是，从他们那里
诗歌、传说、绿色的故事得以生长。

永生是他们所希望的一切，
所以为人善良。笑容就是这样：
经常锻炼，成四季生长的
花朵，绽放在曾被砍掉的地方。

我在他们中颇不轻松地传教，
直到这民族凌乱树篱上的空隙
扩大，露出里面的
虚空，回声萦绕，幽魂出没。

一个罕见的地方，相比其他地方

很明显：在这里，像在深海，

人们抓紧语言最后的桅杆

一起下沉，无人记得，却毫无怨言。

一片土地

他们的灵魂，小于
　　　　　头上的大山
并带来更多的麻烦。
　　　　　　　他们不会被触动
无论早上的日出
还是傍晚的日落。
　　　　　　　在阴影中
苍白，互相缠绕
　　　　　　限制彼此的生长。
死亡住在这村子里，救护车定期
　　　　　　　　　　来来往往，
透过永恒的泪雨滂沱
　　　　　　他们看着它。
　　　　　　　　　是谁
在那年轻人的河里找到了
　　　　　　真理的鹅卵石？没有人相信他。
他们有着坚硬的双手，钱粘上去
　　　　　　像某种可怕疾病的
鳞屑，在摘去时
他们常常会抱怨。教堂蹲伏，

一个石头怪物，等待一跃而起，
等待尸体和语言的

                消毒剂一起腐烂
而他们的祷告没有念出来。

         就是这种时候
他们歌唱，不像音乐
更像是一个民族在撕裂自己
那种声音，激烈如一个美人的承诺

        那个美人本来属于他们。

桑德斯·刘易斯

他故意挑逗他们；
说他们也会跟他一样
变得又老又刻薄。他保持钢笔干净
把它埋在臃肿的
肉里。他是个苦行者，保持威尔士人
日常的饮食。她的烦恼，他赖以活命的
粗劣主食，很磨人，不过
偶尔也会来点儿诗人的美酒。

算个隐士吧；他本身就是
他的隐居所？不穿法衣，
厮混于我们中间；可能引起
反抗。尽管他个子小，
仍然高出一般人，思想的扳机
已经扣上，随时准备发射蔑视。

等 待

这里有许多高山

可攀登，却不为说教而存在，

不为召唤谁的门徒

前来，却可眺望梦想，也就是生活：

展翅的游艇掠过

龙胆的海洋；反射阳光的

挡风玻璃；人群的洪流

和谐地漫过荒地。

啊，耶路撒冷，耶路撒冷！

我们的教堂用希伯来语命名

没有原因吗？空落的讲道坛，

经书生锈，教堂长椅空无一人，

圣言在里面近乎冷酷地

嘀嗒作响，仿佛定时炸弹就要引爆。

剥 夺

这里所有的美

和痛苦

只是使一个看着它的

民族变得空虚，他们配不上它。

世界的早晨

突然变成夜晚。

这里从来没有中午。

中午是阴影的缺席，

是沉思的寂静，

是光明与黑暗

达成的平衡。

他们一出生，

就对这被他人

剥夺的景色

不闻不问。他们喝

变质的茶，谈论

自认为充满活力的时代。

上帝，如此这般

这国家就是脆弱的

乐器，被一个民族

弃置一边，又被另一个

拿起，演奏嗡嗡嗡的

伴奏曲，

里安农[1]的鸟儿

也会拒绝为它歌唱。

1　里安农（Rhiannon），凯尔特神话中威尔士的牝马女神，其
含义为"神圣的女王"。

回声缓慢（1988）

"她们使我保持清醒……"

她们使我保持清醒，

那些老太太，

僵硬地躺在床上，

神情苍白

令我不寒而栗。

有人就像金发玩偶

身上的关节扭曲；

生命的短暂游戏

不免过于粗暴。

有人支支吾吾

大舌头语不成句，

有人已经耳聋；

轻轻说出她们的名字，

我听着；

她们离得太远，

回声迟迟归来。

但是，没有她们，

没有她们的微笑

点燃柔和的光

我也许早已疯狂，

尝遍人世的

悲欢。

"还能动……"

还能动；
差不多八十，
没有什么怨言。
抽过烟，喝过酒，吃过

喜欢吃的东西。血液
教我怎么样
我就怎么样。意愿，
在硬板上，早已

被烫平。毛病？
都是很常见的：
咳嗽、着凉、心脏的
天气变幻

无常。湿的干的
囫囵着吃。
咬下来的，
尽量咀嚼，

免得头脑

消化不良。日子

最后，会有

暴乱吗？精神

保持镇静，

随时准备

让这把骨头

去那黑暗水面走一遭。

"他是自己的……"

他是自己的
间谍，无须
破解他的语言
他已将它给了我们。

他站在我们这边，
看着我们的祈祷
发射到太空，旋转在
错误的宝座周围。

他常常偷听，
在自我的集会上
筹划那不会
有结果的演练。

他是生命的双重
代理人，致力于
生命的继续，
通过它的背叛。他是

永远逃避我们的一切，
逃避我们镜头的监视，
他是自己没有面孔的
底片，我们不敢曝光。

"有人写过，他懂得……"

有人写过，他懂得

如何保持明智："爱

是勇气；在爱里

没有惧怕。"[1] 我从我的眼里

拿走椽子[2]。"朋友"，

我低声说，"你的眼中

有微尘；我不会

除去它。这是我的心

可以伤害。这是我的手

可以斥责。我把自己

交给你。用我的缺点

涂抹我吧；收割

我的破产。难道我

不也欠下爱许多债吗？"

1　爱里没有惧怕。见《圣经·约翰一书》4∶18。
2　典出《圣经·马太福音》中的"自己眼中有梁木"。

复调（1990）

1. 公元前

不，太初无言；
沉默，被禁止说出的
词语打破。

嘘：一只鸟降落
水面的声音；思想冲击
时间之岸的声音；第一个人类的

乌尔语[1]练习。一个构想的
陈述，在上帝头脑中的
回声。一根肋骨的声音

从雌雄同体的英雄
身体一侧被移。
爬行动物的宿主嘴唇的

咕噜声。爱的镜子的
哆嗦声，因为真理的冰霜
正无情攥住它。

1　乌尔语，假定的原始人类语言。

***

这是生命的恶作剧，

创造犁

却不给它耕地；

创造椅子，却没有落座的

教授[1]；双胞胎

无子宫的产物；一个显赫的

猎人，却不需要猎物。这一切

好像都使我们无法理解。佛陀，

一个更智慧的人，虽然

他看得长远，却没给打包的花蕾

取一个名字，永远不会变成鲜花。

***

有一种存在，他们说，

既非肉体也不是精神，

比理智更有力量，比爱

1　原文"a chair without a professor"语涉双关，亦指"没有宣称信仰的人"。

更有理智，却不知道

它的起源，谁跟我们在一起、

不在一起，回答我们的

只是沉默。一个失败的

建筑师。他用基因

实验，于是我们的孩子

先天失明；他们有着

光滑的手，却只是破坏的

工具。从被发现的

受害者身上，野兽的足迹

延伸在世界的黑暗，在过分生气之后

天空的表情显示给我们。它有

各种天赋，给了最不适合

使用它们的人。无处不在

却也无处在，侧身看着生命

震惊的脸，挑战它以拒绝跟它有关。

***

"像泡泡，"有人说，

　　　　"在天空的

大碗里；它们进入

　　　　存在，它们忍受，

它们爆炸。星星

如此，我们也一样，
但我们的光辉持续

在伟大的记忆里
时间再次创造了我们：

身体，我们的火焰
衬衫，被重新编织，我们

穿着它，因为喜悦
所以，通过它一个身份

出现了。啊，爱，
我们相信它的财富

会比燃烧更长久，
比体内的矿物更多，

比一粒火花更多，
它来自我们点燃的

想象的灌木丛。"

2. 道成肉身

左上角，一个天使

在盘旋。右上角，一颗星

在陪伴。两个

下角那里，魔鬼

看向上方，享受

前景里神圣的

食物。这中间，多大的一个

孩子的脸，凝视着

爱的脸，太有

人情味，像是

有意准备，为了

让爱畅行，并继续微笑？

***

基督诞生？不。

事情出了差错。

马厩里有一个洞，

酸雨通过它

滴到空地上。美

被倒挂起来。

真相是彼拉多

并未迟疑不决。

天使拜倒在地

"被打成了泥",

叶芝怒吼。只有

撒旦面露喜色,

用肥料毒化

那孩子躺过的

地方,刨着地面,

为了机关枪的轰鸣

富人的眼泪

那是下一场战争的种子。

***

其他化身,当然,

与他身在其中的

环境一致,

使细胞活跃,

使触角锋利,

变成现在的

样子，在透明的
影子中，在精细的
计算中，也许
以自己的方式，学会面对
智力，及其问题。

他的到来已被证明
不是通过犹太马槽
暂时被逮捕的
一颗星，
而是通无数的星座
多如物体表面的露珠，
他经过，一次
又一次，喜欢上了
那想象中的新生儿
却不提那古老的血的要求。

3. 基督殉难

上帝的傻瓜，上帝的小丑，
在他倍受折磨的右手边
欢呼雀跃，证明着
无动于衷的荒谬，提醒着他
全能的有限性。

我曾见过一个影像，
在人的树上被思想的
闪电烧成灰烬，
我看着时，它在扭动。

神没有替身，
只有他自己。除了荆冠
众人能给他戴上什么？
谁在他身边
对那可爱的反讽
发出嘲笑？整个宇宙完了，
全知全能者在警告，十字架
被竖起，做它的材料
同样地适合于悔恨。星星是什么？
不就是时间的火焰，就要熄灭？

因为那被钉死在十字架的人
还没有被取下来。
                今天
只有唯一的选择
在我面前。回忆
就像一个人进入太空时，
在通往太阳的路上，
天变得无比黑暗，
我抬头凝视他那黝黑的
面容，明白了
这是一个镜像，在爱的镜子背后
即使是神，也要度过那三日三夜。

***

他不是用血来赎罪，
而是用输血，
那是对丧失的弥补。

在弧光灯下
我们承受
被感染的针头的吻，

满足于成为救世主，

不是这世界的，也不是这物种的
救世主，而是成为

十字架脚下
赌博团伙里
那一个匿名成员的救世主。

***

他们设下了圈套
在希伯来的阳光下。为了
什么？他们是否期望
死亡来得更快，好来驳斥
他自称的"上帝之子"？谁
能击倒上帝？
黑暗在正午到达，那影子
是谁的翅膀？
血从十字架滴落，这不是
它留给他们的时间。根本
没有时间，除了一张
注视的脸陪伴着，
就像两千多年以来
它一直注视着，从无限的
黑暗，进入无限的光明。

4. 公元后

所以说，活着
就是要意识到，祷告
是多么必要和不可能。

哲学家干得
很漂亮，他们彻底推翻了
我们从来就不相信的证据。

我们在时空中漂流，
与我们丢弃和无法返回的
一切保持着联系。

为爱之王国的种种缺陷
我们排演借口，
回避自己的目光。

我们一直，被困在
科学的路标下，徒劳
泣诉，说我们迷路了。

我们还在这里。生存

与意义的关系
是什么？回答曾经是，

在时间的唇边，吟唱骨头的
音乐。现在，我们正把它们
一起焚烧，在思想的火葬场。

***

甚至不说出
任何一个请求
不让他注意到
我的沉默：这就是祈祷。

我侍奉他，
像不为人知的
一面镜子
侍奉缺席的人。

时间流逝。曾经
我，接近
那无形者，
或远处的

气流，焦虑于
他无边无际的
存在，站起身
像春潮一般涌向他。

***

"身体是我的，灵魂也是我的"，
机器说。"我在黑暗的源头，
在这里善与恶不可区分。
我给油箱[1]加满油，
于是就有了战争。我清空它们，
于是就没有了和平。我是声音，
不是世界呼吸的声音，毋宁说
我是堵塞这呼吸的声音。"

有没有一种让机器
避孕的方法？这样，我们也许能享受
与它的交合，而不被它的语言
蹂躏？我们走进
我们自己的庙宇，
谢天谢地我们不是

1　此处"油箱"（tank）语涉双关，亦指"坦克"。

跟机器一样。但它在外面
等着我们，它知道，一旦
我们从那里出来，就会走进
它发出的噪声，它的手拍打着胸部的铁，
那么虚伪，就像我们自己一样。

***

"让我的声音变得尖利
这样它也许升到高处
穿过伟大的上帝的
耳朵。让我的剑
变得锋利，刺进
上帝敌人的肚子。"

算了吧。中世纪
已经结束。在一个骨头的
祭坛上，用蜡烛的
辐射，我们向类星体
和脉冲星之神献祭，
在用完即弃的良心上
擦净我们的机器人之手。

***

内心的沉默
是我们活得最好的时候，
在此，我们倾听
遥远的沉默
吁求上帝。这是圣歌作者
深沉的呼唤，我们投入思想的
舰队，航行在无底的海洋
却永远不会到达。

所以说，它是一种存在，
它的边际是我们的边际；
它召唤我们，俯身于
自己的深渊。怎么办？
唯有保持安静，更靠近普遍存在[1]。

***

分子和原子的主啊
你也是基因的主吗？

1　此处"普遍存在"（Ubiquity），又译"无处不在、无所不在"，
即指天主。

一位祖先，将他的精子和卵子
结合，于是有了扭曲的生命。

他们认为，天打雷了
是你在生气，不是大错特错吗？

天空因闪电而抽搐，
那是什么？只是模仿着你扮鬼脸？

我见过松鸦，那唱歌走调的
歌手，从云雀的巢穴

争得一口吃食，
而你，却像太阳一样沉着微笑。

我们被细菌利用。
我知道查特顿[1]们和济慈们

担当搬运工搬运他们肮脏的行李。
是什么使你成为上帝，如果不是自由？

你把自由赋予我们，我们却在坟墓的无底洞

1　托马斯·查特顿（Thomas Chatterton，1752—1770），英国
诗人。少年天才，成年后到伦敦寻求发展，终因穷困潦倒在绝
望中自杀。

向你吼出我们的蔑视，或者，让沉默

紧随而来，它是那么刻意，
为了被当成一声"阿门"。

***

在法老[1]之下，是权力；
脊梁被石头压断
成为老鼠玩耍的走廊。

在德尔斐[2]，权力
转移给思想，它对问题
常常给出令人不安的回答。

在朱迪亚[3]，这是新的开始，
在十字架脚下，冒险进行
蒙眼游戏的一种能力。

---

1 指埃及法老。
2 希腊神庙。
3 朱迪亚（Judea），又译作犹太，古巴勒斯坦的南部地区（北边是以色列），包括现在巴勒斯坦南部地区和约旦西南部地区。是古代以色列联合王国分裂后，犹太人在南边的王国，又称犹大王国。

列昂纳多[1]拥有这种能力，

而他付出的代价

是圣母马利亚的微笑

那是与他通奸的

机器脸上

笑容的一个反映。

***

你向我展示两张脸，

一张是盛开的鲜花，

一张是握紧的拳头，

仿佛紧紧攥着冰块。

你用两种声音对我

说话，一种是耳鼓上的

雷鸣，另一种，

常常被误以为是沉默。

父啊，我说，解开

这个谜；于是你来了，

1　指意大利文艺复兴三杰之一列昂纳多·达·芬奇。

仿佛为了迁就。
而你内心，也有

悬崖绝壁；温和而可怕，
在又不在，和我们一样，
全然是他者——我该相信，
你的哪一面？

***

他是我们必须进入的
伟大空虚，互相
呼唤着，在我们的路上
沿着他吹出的
大风的方向。那有什么关系？
假如我们永远也不能抵达，
在我们构想的气候中
生育，或者过冬。

足够了！我们已被赐予翅膀
和心灵的指针
回应他的阴郁北方。

终归有时，即使在极地，

在他撤回的途中，也会暂时停下，

如此，那里将是彻夜光明。

***

在这样一个夜晚，

复仇女神逐渐退去了。

附近只有哨兵，衣服

闪闪发亮：叶芝在他的塔里，

他是他自己的蜡烛，认真

钻研他的民族的

手稿，在失败中发现

骄傲；发现那只没有眼睑的

眼睛，注视着野兽

和处女。爱德华·罗伊德[1]，

找到一种花，除了威尔士，

无处生长；他教会我们

要在高处寻找

稀有的东西。欧文·格林杜尔

试图把鲜花吹

成火焰，以纪念一个

受压迫的民族。诗人，

所有这些诗人，所有语言的诗人，

---

1 爱德华·罗伊德（Edward Llwyd，1660—1709），威尔士
植物学家、地质学家和语言学家。

迁徙于思想和文字之间，
他们停下来，现在
和我一起，在此注视
月亮进入它的第十五个相位，
最近这些日子，人们
从它的美丽和疯狂中撤退
把手放在心口，退到它
理智和黑暗的另一边。

***

美生了病，
有一副苍白的
愁容。机器无处不在，
而且年轻。我如何
找到上帝？在那里？
他不在。在这里？
他无言。到处
是五彩纸屑，
却没有许下
誓言。自然屈服于
混凝土和碎石，
从物种喷发
倾泻而出的

熔岩。它们助人的
力量，与需求的意识
并不相等。我是谁？
商品在问
我们的语言，一边把它
抛到后面，它们要到哪里去？

***

疯狂？它的力量
有待理智的健全认识。
疯子们忽视它。

他们忙着贝壳，
忙着鲜花，
忙着发现那是谁的脸

在镜子里对着他们做鬼脸。
并没有确定性，确定
我们必死，在我们死后。

也许但丁是对的；
也许地狱就是一个颠倒，
就是成为疯子天堂的

一个居民。
手戴方程式的手铐，
嘴吐诗歌的泡沫，

透过骨头的栅栏，我们会看着
那些往里看的人，并且一遍遍
耍着头脑的把戏，逗他们开心。

***

当我们虚弱时，我们
坚强。当我们闭上眼睛
看世界时，我们内在的
某处，灌木丛

在燃烧。当我们贫穷
并意识到我们的
餐桌之匮乏时，因为这一点，
不速之客就会到来。

艰难时期的弥撒（1992）

受诱惑的亚当

亚当梦见过北极
和南极，梦见过两极之间
诱使人穿越的夏娃的赤道吗？
又是谁的声音，低声
对他说："待在这里"？这里
是哪里？现在是几点？思想的罗盘
太不稳定，血液的更漏，太不可靠。

而他还是出发了，他
是他自己的方向，一路用
智慧，交换心灵的时刻。

一个迟缓的旅行者，用全部的时间
去抵达，但是，机器的微笑
承诺让他更快到达。

总有一天

到那一天，语言
将露出它的疮疤，
乞求我们给予不了的
施舍。"把它留下，"
我们会说，"留在日常的
走道上。"总有
不愿意恳求的
原因，然而他紧闭的嘴唇
就是证明。旅行者
来到你的门前
请求什么？难道只是让你坐下
与他分享那无法用言语
表达的东西？
我期待着未来的
和平大会，
躲在各种演说背后的谎言，
说谎的假笑都被鸽子
在沉默中扇动的翅膀远远吹跑。

请 求

对没有翅膀的天使说：
"愿你平安；别让我耽搁了你。"

对有翅膀、仿佛就要
飞走的天使说："再待一会儿。"

对黑暗的天使，兜售影像的
小贩说："我不在家。"

对发誓永远保持沉默的
那一位："偷听一下我的心。"

对真理的天使说："在他的耳里，
关于我，没有别的，除了善意的谎言。"

给先知的问题

如果狮子像牛一样吃草，
狮子如何还叫狮子？

如果小男孩不曾到过那里
他会把他们引向何方？

如果不用右手，在天国
我们用什么祈求宽恕？

如果兔子在乌龟到达前就死了，
它如何知道自己没有赢？

基督大声说："我也不定你的罪"，
裁定那妓女不适合任何事情吗？

如果增加财富的人也会增加痛苦
为什么他的眼泪像珍珠而不像猪的獠牙？

偏 爱

一个物种的神话：
耶稣基督？穆罕默德？只有
风是真实的。我们曾尝试
把它比拟为神圣的气息，

但宇宙的回答
是："哦！"我曾参观
托儿所，看到孩子们
在驯服的玩具中间

尽情玩耍。外面是
在语言开始之前
形成的星星。科学家
传授不用词语思考的

可能性。他们的神
是古老、没有名字的
微积分和惯性之神。
我知道空间是圆的，

时间是不可逆的。
我在夜里醒来，看见
一些非人类的存在经过，
我的毛发竖起；

我打开灯，光照在物品
和室内装饰上，然后
尽快关掉，因为我偏爱黑暗的地方
胜过我们驯化的确定性。

转 身

寒冷的海滩，孤独的
大海，和碎石滩上的
单调；岩石上的
那只脚环
让人无法相信
这里不曾有人来过。

人啊，你能这样说吗？
当你在蘑菇云下
窥视未来。与我们最古老的
骨头混合在一起的，
是令人不安的遗迹，它们太新，
不在那里。在史前时期，
有人来到这门槛前，
此刻，你在此犹豫不决，
而他越过了它，焚烧
这星球，让它活着，
几千年舔舐自己的伤口。思想
就像光一样迅速，
超过它会把灭亡

带给我们。

然而，智慧

就在我们身边，仿佛从前

低语着：进步

并不与机器同在；

它是一个转身，一次

在平静池子边上的俯身，

那里从看不见的

深处，气泡升起，仿佛从真理的

呼吸中，向我们展示它们的圆润

并以此展示，世界的圆润。

落 地

跪着的农民阶级，
不祈祷，只为常常坏掉的
面包而劳作。

这人来此传教
愚昧的福音
告诉他们，人不能只靠面包

活着。所以他们去了
田野，站在
时间一旁，协助

机器的生产[1]。稻草人
想起了谁?
双臂张开，仿佛被雨水的

钉子刺穿，而那个汽车
驾驶员傲慢地经过
摇动着里程计的指针。

1　此处"生产"语涉双关，也有分娩的意思。

拒 绝

起初，是有鳃的人，
然后，四足人，
直立人，窥视着
他的未来却没能
认出。因为失去
对当下的信任，他发明了
天文钟，为了走得更快。
移动的人，有轮子的人，
努力追赶自己的
人。词汇辛勤劳作
跟在科学、音乐、
画笔的后面。
　　　　　我见过
有翅膀的人，不是
什么天使。他是否错过
一个转弯，在此
资源本来可以被储存
只要他观望着，而不嫉妒
无方向的加速？

没有别的答案，
只能说太晚了，不能
被我们众多的问题拯救。
因为羡慕我们租用
遥远的和平，他们通过
速度和噪声，把我们的边缘
变成了他们的中心。我们
拧着双手，拧干我们的
信仰，在我们的特效药不顶用后，
出于骄傲和羞愧，我们
拒绝一种理智所不屑的
可培养的补救药。

潮 汐

海浪冲上岸边

又退了回去。我冲上

上帝的通道

又退了回来。碎浪返回

到达更远的地方，

啃噬着大陆。

它们这样干了

几千年，一点一点

使土下岩石暴露出来。

我必须模仿它们，我的返回

是为了闯关

且不使用暴力。

我向他投去祈祷，起不到

什么作用，除了使他

表层下的岩石裸露。

我的返回，必须是

跪着。让我的绝望被人知晓吧，

像我的退潮；但也让我的祈祷

拥有它的泉源，喷涌而出，

解除他的武装；寻到他仁慈的沉淀

在裂隙的某处，

信任将会在那里扎根并且生长。

与我的时刻匹配

那一刻
那个士兵闯进
我的房间，剑，
顶住我的喉咙，
我从算术和定理中
抬起头，微笑着说：
放过我的设计吧。

那一刻
在生锈的蕨类植物中，
道路随着羊群奔跑，
一条羊毛的河流，却声音
洪亮，它用粗犷的男中音
对岸上的那个人说：
我们把生命献给牧羊人。

那一刻
人群排成长队蜿蜒着
走向毒气室，那个
已经对这个世界

绝望的修女，对那个
流泪的女孩说：不要哭。看，
我会顶替你。

那一刻
夜的霜冻过后，树在哭泣，
住在我心里的守财奴
抱怨说：为什么用金子
给大地洗脚？而我，
把手指按在嘴唇上说：
因为是它造就了我们。

阅读笔记

维特根斯坦的路标
指向语言的边界
进入强制性的空白地带。

拉普拉斯[1]，假设
他不尴尬，白手起家的思想家，
在一种纡尊降贵面前，佯装自信。

休谟，总让他的思想
撞上一个原因，
以至感觉不到它的存在。

笛卡尔思考他可以思考
笛卡尔，他所想的，
其实是一桩离婚判决中的共同被告。

布里丹的驴子[2]？不，一次时间的

1　皮埃尔-西蒙·拉普拉斯（Pierre Simon Laplace，1749—1827），法国数学家、天文物理学家。

2　让·布里丹（Jean Buridan，约1295—约1358），法国哲学家。著名的哲学悖论"布里丹的驴子"源于他讲述的寓言故事：有一头驴喜欢思考。主人在它面前放了两堆完全一样的干草，给它作为午餐。因为这两堆干草没有任何差别，它没法选择先吃哪一堆，后吃哪一堆。最后，这头驴子面对两堆草料饿死了。

强直性昏厥，因为想到

两口食物之间的间隔在缩短。

回到开始的地方：柏拉图抛弃了

他身边唯一的真理，因为没有影子的

理念，从帕尔纳索斯山[1]向他抛着媚眼。

1　帕尔纳索斯山（Parnassus），位于希腊中部的高山，古时认为那里是太阳神和文艺女神的灵地。

末世论

这是我们最后的间冰期：

苍蝇，人，

数量

一样。我们谈论

和平，更新武器以跟上时代。

年青一代，对于爱情

信誓旦旦，用他们的语言

使自己尴尬。好像

搭上一个崭新的

滑轮，从遥远的一侧

我们接近上帝，一个灭绝的概念。

无人从我们的太空探测器

返回，但仍然有一些

志愿者，相信随着重力减少

它对身体的控制也会减弱，时间

影响大脑也是如此。我们的科学家，

衣着完美无瑕，一点不假，

他们从太空站

向我们布道，号召我们

思考发条鸟

和人造百合，思考它们如何也能

在给定条件下，既不需要

做苦工，也不需要旋转不休。

圆 圈

老年人往后看，年轻人
向前看。在一个圆形的世界
这有什么关系？爱
和真理，在地平线上

保持着各自的
位置。战争胜利
是为再打一场
战争。他们的主要希望

似乎是电子
人，挤在一个玻璃杯里，
等着它闯入一个
新的轨道，无视诗人，

他，利用语言的
魔绳术，祈求着，
像一个被困的天使
在人间和天堂之间。

未出生的孩子

我见过子宫里的孩子，
既不要求出生，也不要求
不出生，毫无时间意识
却等着时机，
给雕刻家做模特，他会描绘出
思想之前存在的
宁静，或者，还没有语言的
思想之纯洁。它的微笑原谅了
让它保持胎儿状态的
命名术的时代错误。它的手
张开，精致如天真之花园
的花朵，却不知道它的双手
长大了要交给天真的坟墓。
它的角色已被写好？我见过
它在舞台一侧[1]，凝神等待
走上一个泥土或混凝土的舞台，
在那里翅膀，只是
一种记忆，或者一种渴望。

1　原文"in the wings"语涉双关，亦有"张开翅膀"之意。

的 确

羔羊死去的地方
一只鸟儿在歌唱。
灵魂死去的地方
会有怎样的音乐？十字架

是一种老式的
武器，它的弓
却被拉开，准确无误地
正对着心脏。

有可能

仿佛天空的脸上
一抹微笑的剩余物
那个声音说：
"听。"而我回答：
"我知道。你是一个腹语者
基督曾坐在
你的膝上，让我们想象
你在一个你不在的地方。

"你会继续折磨我们吗？
如果你无处不在，当我们说：
现在就来吧，为何不在这里？
电子的分娩，让
出生的速度过量。
你，无限的你，
时间的豁免者，能走动，
如果你愿意，那么，慢慢地
让你的存在，出现在我们面前，
当我们离得最远时，永远
出现在同一个地方。"

时　间

悲观主义者说：时间
走了；乐观主义者说：它在到来。

时间，它是什么？
让奥古斯丁[1]做我们的代言人吧。

时间的对手知道它有神经症；
喜欢拖着它被锁住的双脚。

现在，我们说，看看月亮吧，
在澳大利亚，那就是太阳。
我们一直为未来攒着它
到了那里，却只有破产者。

年轻时，我们的嗜好是暗杀它。
老了，我们祈祷，为它的再生。

1　指圣·奥勒留·奥古斯丁（Saint Aurelius Augustinus，354—430），古罗马天主教思想家，基督教神学、教父哲学代表人物。

利恩半岛

戴维兹 [1] 在此瞭望过；

此刻我也看着：五个世纪

不曾改变？一样的海浪冲击着

一样的海岸，而它却没有

被冲垮。利恩的石头

还在那里，姑娘的头发

还是蜜一样的颜色，

彼此相似。悬崖上

时间的笑容，正对着

我孩子气的

惊奇。这里是陆地和海洋的

举行婚礼的地方，飞沫上涌，

来自谁的口角？"你在那里吗？"

我拜访无言的

过去，它离我很近

像我的影子。"你在这里吗？"

1　威尔士历史上有多个戴维兹（Dafydd），据时间推算，此处应指里斯王子（Prince Rhys）之独子戴维兹，他从父亲那里继承了戴维兹公爵头衔，12 岁继承王位。1615 年到 1630 年是其统治的中期，威尔士和平繁荣，其统治的最后十年，威尔士陷入战乱。

我对偶然相遇的自我

轻声低语，仿佛一个人

突然遇到沉睡的真理，害怕惊扰了它。

婚 姻

我们相遇在
　　　鸟语的
阵雨中。

　　　五十年过去了，
在这个受时间
　　　奴役的世界上
那只是爱的瞬间。

　　　她曾经年轻；
我吻她，闭着我的
　　　眼睛，睁开时
她已满脸皱纹。

　　　"来吧"，死神说，
挑选她作
　　　舞伴，跳上
最后一曲，而她
　　　一生中
以鸟儿般的优雅
　　　完成所有的事情，
现在，她张开自己的喙，
　　　一声叹息

飘落，不比

一片羽毛更重。

蝾螈

在山上的

水潭里

生活着蝾螈，

半蹼足，灰脸

如石；在水上飞檐爬行的

怪兽。它们的世界

从地平线延伸

到地平线外，两英尺

乘两英尺的体积。

        这里

一切都会发生：

痛苦、幸福、饥饿——

蝾螈在想什么？眉头皱起

因为长时间沉思着一个

长鳞的真理，歇息着

还气喘吁吁，像生命本身

在思索的旅程中，

那旅程没有尽头。

信

我从书本中抬起头，
从语言的非现实里抬起头，
凝视大海的水面，它什么
也没有说，它的确无话可说。

今天早晨，这封信到来
来自我心灵的陌生人，答应
为我祈祷。这是什么
意思？我，一个虔诚的人，

我问，我沉默。他会让我
成为破产者？剥夺我的
主动性，以此回报
我的信任？我必须忍住，不向

同一片海走去，免得下沉；
我会嘲笑他？不急不慢
我开着我的车，为了
把我一路行驶的安全

归功于他？我想，他的神
不是我的神，否则他不会
要求这样的事情。我承认
他使得我跪在地上，

但我的眼睛睁着，因此，
我长久凝视那被隐藏的
深谷，我凝视自己，接受了：
真正的祈祷，是什么也不说。

丧失者

哀悼者在影子后，
他们被剥夺了，
因为光的缺席。

跟他们说话吧，他们
听不见。给他们写信吧，
他们收不到。

他们的地址是黑暗，
在镜子后面
捕获他们的人与我们对峙。

他们是无，是无名者，
跪下，不是
在祈祷；他们的嘴张开

不是为交谈，而是为了下脚料，
警卫用它们管理他们，
延长他们的痛苦。

走开吧。反复提醒自己

你的无能为力，以此

安慰你自己。

他们之所在，

甚至听不到一声阿门。

大检察官的脸

移开了。耶稣也是？

一个人的面包

和另一个人的自由

没有给那无名字者 [1]

提供更多的光，

他们两个人身上都长了霉。

1　在原文里，此处"无名字者"（the nameless）与上文的"无名者"（Nobody）不同。

不与命运女神休战 （1995）

深 处

年轻时，我到访过
这方水潭；问过我的问题，
过去了。到了中年
重访过一次。那个问题
已经沉没，几乎没有激起
一丝涟漪。青春不再，
但是也还没有老到
一种无与伦比的
平静状态。水不停滴答滴答响，
但时间停了，没有时针。

今天，在三十年后，
在永恒的
边缘，临近死亡，
一无所有，除了
这个自我，仰视着那个
俯视的自我，彼此
拒绝成为

一个对象，因此，在丹麦人[1]的

帮助下，从无底的深处

我打捞真理。

1　指丹麦哲学家索伦·克尔凯郭尔。

寂静的点

宇宙中，云的
叶子下，一个世界。
那世界上
一个小城，小城里

一所房子
一个孩子，盲眼睛
俯视宇宙的边缘
爱的深处。

月

北安普敦的月亮
从不沉落。我每次
经过，它都从
疯人院的窗口
盯着我，疯人院总是
拥挤。不要被月亮的
那些相似所误导，
当新月升起，照在
没有被围起的草地。
当它渐渐圆满，它就
变成秃顶，成为一副
头骨，不同的名称在那互相追逐，
没完没了，妻子和情人
匆匆而过，像玉米地上的
影子。因为无知，
时间停在一朵花前。
年轻时，他活在自己的
天空，早上起来
看见未被拂去的露珠，
没有人把他介绍给

大地上那些忙忙碌碌的生灵
除了他的爱。正是这种爱
带着他，就像它一直带着
我们所有人，在最后，
面对玻璃，断断续续
向那匿名者索问：我是谁?

迷 失

我们是迷失的民族。

追循我们的语言，

你也到达不了我们所在的地方，

它就是乌有之地。风

吹过我们的城堡；诗歌的

椅子，没有房客落座。

我们是自己国家的

流亡者；我们在一张

被人抢先占用的桌子上

吃面包。"告诉我们，"

我们恳求，"回家的路"，

于是他们对我们发出嗤笑。

"你们已经是在家里。进来吧，

忍耐忍耐。"难道就没有人

能够解释一下生而迷失

是一种什么滋味？我们有指路牌，

采用的却是另一种语言。

如果我们遵从自己的良心，

哪里也去不了，只会被带进监狱。

大地在我们的脚下转动；

我们唯一的态度是晕头转向。

"一个小孩子，"圣书告诉我们，

"将会引导他们。"但是这一位，

掌握着一根语言的棍棒，

尽管我们老了，还是用它

恫吓我们，攻击我们，使我们失去知觉。

珍 珠

"我想我们还没有，"
我说，"相互介绍过。"

"不必了。"它答；
"我在花园里，做过自我介绍，

"鳞片似的金属色泽，
给你提供一个

"未来，代替
神明的过去。你想

"插上翅膀，走在时间
前面吗？看吧，我

"在你的门口，在你的
厨房，在你的床头。

"我是牡蛎里的
刺激物，那是

"列昂纳多[1]的大脑，
你将它从中间打开

"向你的那些训练有素的观众证明
天下没有无代价的珍珠。"

1 指列昂纳多·达·芬奇。

然 后

这把骨头也许会唱：
"让我睡吧。我不是
叶芝。我无法再次
面对机器的
来临。它是什么？
不就是把一根树枝放在我们手心
在骨髓里探测血液的矿物质吗？"

那一个，他习惯于
忽视祈祷者
把骨头放在他的唇边，
将它吹成灰，
让它在星系前
舞蹈，一个一个
揭开它的面纱，浮现
美丽而致命的面貌
仿佛原子核心
像那喀索斯[1]一样，

---

1 那喀索斯（Narcissus），源自古希腊神话。他是河神刻菲索斯与水泽女神利里俄珀的儿子。通常用来代指水仙花或自恋者。

他凝视着

好像面对一面镜子。

阿瓦隆 [1]

这是亚当的另一个

王国，他本可以

继承，假如他当初

拒绝了那个苹果，那个

有着恶性果核的核果实。

岛上的女人，她们的祖先可追溯到

莉莉丝 [2]，而不是夏娃，

当我们将世界揽入

怀中，那女妖会

向我们低语。站在

人类的树下，

我们的根埋在土里，听着

里安农的鸟儿，在高高的

枝头，召唤我们

忘记时间，所以我们的心

这样回答：那长满苔藓的

石头手稿；那被风洗净和烫干的

白云；小溪中

1　阿瓦隆（Afallon），威尔士神话中极乐世界的别称。

2　莉莉丝（Lilith），美索不达米亚神话中的女恶魔。

流动的台阶——

旅行者登上

午夜的平台，听看不见的瀑布

发出的沙沙声

就知道到家了。

我们的文学，曾在大陆

口口相传；我们的特使

和他们的王子互相往来。如今在一个

震荡于美元和日元之间的

世界上，我们的流动资产

是非物质性的。我们保持着

与年轻的大卫的

关系，我们从语言的

小溪中，取来一个词，

鹅卵石一样光滑，

我们用它击败那个支票簿巨人。

错了？

你召唤我们前去的地方
在哪儿？我们喧闹地
寻找，没有时间
停留。星辰是遥远的；
现在是不是更加遥远，
远在思想本身的
黑色影子之外？这就不奇怪了，
当我们以光年计算
它的近距时，它渐渐远去。

也许我们一开始就
弄错了，或者，在后来
转了一个错误的弯。在弯曲的空间
人可以一直穿行而意识不到
他的抵达。我似乎觉得
你就在我们身边，低声说着
那平静的水潭，我们曾经
坐在那里；你说着
眼前安静的树；提醒我们
不要准备踏上气喘吁吁的旅途

陷入迷茫，而是要准备避开；

透过无形的面纱，那是我们

就要进入的一种状态，

而不是一个天真和快乐的地方。

依 然

你每年都在焦急地等待
秋天的大迁徙。
它开始，然后结束。

轮到你。你动身，
却没有向南进入那光洁、
灿烂的乡村，而是

进入黑暗，那里没有
极点，没有容易接近的
地平线。昨晚，我闲逛

在你的小骨头筑巢的地方，
猫头鹰自你的石头十字架
轻轻飞走，像从蓟头飞下。我惊讶。

气 象

总是因为天气。

我们存在的理由

就是记录，说说

多么热，多么冷，多么潮

——一种毫无意义的饱和。

这是一种非个人的

性情，一种表情

浮现可能是空白的

空间。它重复自己，

以一种我们永不

生厌的方式。"再来一遍"，

在晴朗的翌日，我们恳求。

当天色灰暗的时候，你可能会用

"阴沉"来形容它。在明亮的早晨，

它接连对我们微笑，于是

我们对它熟悉起来。

它曾将冷气吹进我们的生命

冻得我们要死。诅咒它

意味着引起它对我们的注意，

从最温和的天空伸出

风的手指爱抚着我们，

它们变得不那么尖锐。他们说，

在我们到来之前

就是这样。如果没有我们

说服它，谁知道它

会是什么样子？在我们

走后，它又会变成什么？

撒哈拉？一直

存在于我们的语言里？

虚幻的抵达

谁是那板着面孔的
看门人，监守
各个入口？我准备了
道歉的话，来时

走错了路的借口。
那里，没有一个人，
只有我来时走过的
那条路延续着、延续着。

镜 像

复仇女神在家里
在镜子中；那是她们的地址。
即使最清澈的水，
如果足够深，也能淹死人。

永远别想突然袭击她们。
你的脸，友好地靠近
却是她们不屑一顾的
白旗。跟复仇女神

不存在休战。镜子的温度
永远是零。它是血管里的
冰。它的照相机
是 X 光线。它是一只圣杯

伸向你，在无声的
圣餐仪式上，你喘息着，
分担一个变换的身份，
它从来就不属于你。

细微差别

大教堂对着他发出

雷鸣，历史证明

他是双面之神，有几个

在凌晨，侍候他的人

无所畏惧，因为他们的"阿门"之声

没有回音。物理学家认为

他们没错。现实

是由声波和粒子构成，

它向我们走来时，就像雅努斯[1]

瞻前顾后。我们不可绝望。

那看不见的存在，允许

被推断。祈祷，也许，

就是造成一个无穷小的偏转。

1　雅努斯（Janus），古罗马神话中司门户出入和水陆交通的神，
有两个相背对的面孔，俗称两面神。

瞬 间

她离开了我。什么声音？
比来自坟墓里的风
还冷，说：
"结束了？"摸不着，
看不见，她安静地
来到跟前，一如往常，
我，读着我的书。
有一丝光的
颤动，像鸟儿穿过
阳光小道，我抬头
看见，在缺席里的
一个存在。
没有一句话，没有一个声音，
当她走去，却还有
一缕香气萦绕着，
那是时间在祭焚自己
在爱的火焰中。

圆 圈

宇航员们无法掩饰
他们的胜利。当最后一颗星星
从左舷船头飘离的时候，
无限的空间，就把他们
交给了无限的空间；失重
占有了它们。不再饥饿，没有了
喝水的欲望。不朽就在他们的
掌握之中，仿佛一种
永远向前旅行的能力。过去了
多少天？多少年？他们的仪器
警觉起来；一种被遗忘的引力
开始拽着他们，回到
出发的地方。随着一道暗淡的
光芒，他们恍然大悟：无限
也是圆的。在一个无情的
跑道上，没有妻子、没有孩子
等着他们归来。只有年老的
参议员和政客，列队穿着丧服，
像往常一样准备宣战。

最　后

只有几样东西：一把椅子，
一张桌子，一张用来
在它边上做祷告的床，
还有，从海边捡来的
骨头似的十字形树枝，
证明大自然
承认基督曾经受难。
我彻夜临窗，
窗子不算太小，
足可成为群星的画框，
比起我所拒绝的
城市灯光，它们离我
并不更远。白天
那些过路人，他们也不是
朝圣者，他们的凝视
透过雨中酒吧，看见我
仿佛我是这场景的
囚犯，而我已被潮汐
摇摆不定的真理释放，
所以，现在低沉的那颗心
明天将是一个圆满的状态。

413

一个物种

在宇宙的一个岛上
遭遇海难，它的潮汐
是风；他们开始毫无快乐地
繁殖。他们伐倒树木
腾出赚钱的空间。

没有名字却无所不能的那一位
给他们播下智力
像一种病毒。因为起居室
变小，因为水变酸，
他们开始意识到，周围还有其他

岛屿，在科学的庆典上
挂满花环，等待着
被殖民，事实上的殖民，而非想象。
他们明白了，时间是如何

被速度淘汰，他们建起一个
星星的群岛，带着他们的感染，
从一个星球奔赴另一个星球。

终于来到那一天，没有名字
且用密码签名的，那一位

希望让他们回到他们
最初的家园，虽然贫穷但更贤明。
他们转身，面对一个熟人，
第一次发现，他悬在美中，
冻得发青，却等着被爱。

符 文 [1]

一月在喉咙里有一种呜咽；

咳出来，二月就躺在那里冻僵了。

三月开始期待干净的东西，

四月却因黏膜炎把它弄得模糊不清。

五月呼唤新年来跳舞，

六月的衣服却沾满血的斑点。

那长出来就蔓延在七月的东西，

八月死了在玉米秆中间。

九月，狐狸躲在欧洲蕨里

恐惧十月的月亮那只角。

十一月到来，带着金叶的礼物

送给十二月的摇篮里那孩童般的雪。

1　这里的符文，原诗为如尼文（Rune），又译作伦文字或鲁
纳斯，是一种北欧古文，见于如尼文石块、如尼文骨块。现行
所知主要伦文字系统分成古式伦文、新式伦文以及盎格鲁-撒
克逊式伦文。

恶作剧

"哦，"他说，"我在虚无中生活了
这么久，已经失去意义。
我无数次对宇宙说
'是'，它越来越多地以回声
回答我'不'。
我冲洗出神圣的
底片，在一本虚构的
相册里，保存其
缤纷的色彩。我意识到
想象只能存活于
充满氧气的世界。真理
并不比它退隐的真空
更少令人窒息。尽管如此
我见过羔羊
倏然跳跃，仿佛
生活是一件美好的事。我说过，
这是上帝的恶作剧，他的作弄，
用天平称重，一边秤盘下沉，
因为邪恶堆积着邪恶，
然后，它突然高高翘起，

因为另一边，加上了

从心肠最硬的眼睛中掉下的一滴泪。"

近与远

没有人像你

那样忙。在那个第七天

劳累六天后休息

你在哪儿？我从睡眠中

起来，发现你

整夜都在生长。

白天，你在外面

无止境地探索着

一个你不受其限制的圆周。

你没有话，却随着我的

一声阿门的回响在我心中震荡。

你缠满了光芒

仿佛神经，思想

被吸引着传送

智慧的音乐。有时候

你是在我墙上起伏的脉冲，

有时候是对某些不可见生物体的

改进，那么缓慢

那么微妙，仿佛突变；

却总是那么遥远，

当你靠近时，使我震惊，
以你的近距，同样
以你无数光年外的存在。

复活

对他们来说更简单，上帝

处在他隐退的开始。讨好他吧，

时代说，而他们照做，

赫伯特[1]，特拉赫恩[2]，

他们走在一个还没被污染的

花园里。音乐在邓恩[3]的心中

仍然是复调。

精神的角落等着

被开发，霍普金斯[4]

重新表达了钟爱之情，

以驯服躺在他身边的

狮子般的存在。发生了

什么？他突然

1　乔治·赫伯特（George Herbert，1593—1633），威尔士玄学派诗人。代表作有《衣领》等。英格兰国教会把 2 月 27 日作为他的纪念日。

2　托马斯·特拉赫恩（Thomas Traherne，1637？—1674），英国作家、玄学派诗人，以《罗马赝品》和《基督教道德》等宗教散文而闻名。

3　约翰·邓恩（John Donne，1572—1631），英国玄学派诗人。

4　杰勒德·曼利·霍普金斯（Gerard Manley Hopkins，1844—1889），英国诗人。代表作有《茶隼》和《上帝的伟大》等。

走了，在他的撤退中

留下忽暗忽明的爱。闻到灾难的

气息，就像苍蝇被尸体

吸引，在潜意识的

深处，那些我们认为已被

永久埋葬的食尸鬼和恶魔又复活了。

印度人和大象

"像一棵树。"
那印度盲人大声说，
他碰巧摸到野兽的鼻子。
"我说，像一根绳子。"
另一位大声说，他找到了
它的尾巴。我，虽然
不是盲人，意识到
我的上帝之路，我是在黑暗中
探索他。有时他是
一阵风，把我带走；
有时，是大火，把我
吞噬。很少，很少，
像硕大的鲜花那花蕊的
芬芳，我弯下腰，为之
沉迷。而他一直包围着
我，多数时候像一团云
下降，但是透过它
光明突然冲出，
擦光十字架
等着我，像最凶悍的猛禽
张开的翅膀。

燕 子

对燕子说：
"明年见。"
这些燕子？没有
关系。电线上的，
那是燕子，时间的
音乐里常见的
音符。不像
我，我的迁移
永无止境，虽然我的栖木
是我的骨头。某个四月
我将不再回到
那里。就像大自然
更换它的生物，
生命也会更换
我，一个迁徙在
人称主格之间的移民，
一个新歌手，唱着
老歌，一个革新者
对守时的燕子来说
太不注意时间。

否 定

一个词。说出来吧。

"不。""不"就是这个词，是不吗？

"不"，史蒂文斯误导了我们。

我们等待着，但那个"是"

还没有到来。黎明

却已来临，白昼走向黑夜。

她的名字叫里安农。

当我聆听，时间停止。

然而，当寂静降临在

她的鸟儿身上，我已老了。

曾经苍翠的树木

变成烟囱，

和弥诺陶[1] 的气息

使土地酸臭。一个孩子来了，

我想，他手里拿着的，

是打开天国的钥匙，

---

1 弥诺陶，又译弥诺陶洛斯，古希腊神话中的牛首人身怪物。

却变成了蒸馏瓶

和试管，还有他卡尺似的眼睛

正被拉伸，用来测量

爱与金钱之间越来越大的缝隙。

有翅膀的神

所有男人。或者，让我们
不那么沙文主义，
所有人，是所有的
人吗？野兽肥沃
土地，一小口一小口
促进生长；但人，
消耗者，吞噬
自己的同类
像神话里的神。野兽行走在
鸟类中间，从不
使鸟儿害怕；但人类，
那疏离的影子，
一只手臂下夹着
《圣经》，另一只夹着
炸弹，常常被吸引，
正如常常被镜子里
等着他的陌生人
所排斥——他如何能
回到家里
当他的凝视

还在星星之外搜寻？那么，
可怜他吧，有翅膀的神，
冲破引力控制的大力神，
在晚霞中，在渐行渐远的
笑声中，向外加速而去。

猛 禽

你们把上帝弄小了，
让他跨在一只
吸液管或曲颈瓶上
研究气泡，沉浸于
一种不会有结果的实验。

我把他想象成一只
巨大的猫头鹰，
在外面的阴影里，
有时他用翅膀
拂拭我，使我血管的
血液凝固，这样

从一个灵魂到另一个灵魂
我找到他的路，因为
他能在黑暗中看见。
我曾听见他对自己
轻声歌唱，几乎使我
相信了天使的存在，

那些羽毛似的泛音

在爱的房梁上，我也听到过

他的尖叫，他将利爪

扎进他伟大的

对手或某个较小的

栖息者，也许，就像你或我。

X 喜欢 Y

我们上过同一所学校。
现在我应该给她
打电话吗？"这是莫蒂默
从五十年以外
打来电话。你能听到我吗？
你还漂亮吗？我能冒昧地
去到你的前门吗？
你打开门，然后
我打听你的情况。你说
我的声音还是那样。你是我
拨动的那根未曾停止颤动的
琴弦吗？这样你就能
把我的变化跟它调谐吗？

"假如我来了，
我们相会在曾经刻有
我们符号的那棵树旁，
我们的教育，就这样
结束了？——两颗
未成年的脑袋

变成了两颗

被时间之箭刺穿的心？"

边 界

哪里是城镇的尽头，
哪里是乡村的起点？

灰潮和绿潮之间的
高水位线在哪里？

我们漫步在无形的边缘，
回忆着值得称赞的事物，

劳动者在他的田地里
庄稼还不及他的膝盖，

他抬头听着钟声
从礼拜的教堂传来。

这乡村已经衰败，几个
世纪的潮水把它带走，

现在小镇欢迎它的归来，时光的
漂流者，挣扎在被投弃的货物中。

孵 化

没有翅膀，因为我们

被拒绝拥有，我们坚持

从机器那继承另外的翅膀。

我们孵化的蛋，除了生出圣人，

还有一些怪物——没有羽毛的

一窝，它们和篱雀

唯一的共同点是

不迁徙。我们被邪恶

迷住了；你几乎可以说

通过自然选择，我们所获得的

是羽毛。这里有一个

矛盾。通常，被制服的鸟类

它们的羽毛会从华丽的歌声

得到补偿。这些不是，

它们受损的音符与普通的衣服相配。

是我们，俗丽如松鸡，

在蛋壳般的天空下，制造刺耳的音乐。

都不是

你不是某一个人，

也不亚于

人，因为我们就是人。

当你在朱迪亚[1]的山顶

看着自己，不觉痛苦，

但你的脸色

一度阴沉了

很久一会儿。

你的掌握，既包括外面

也包括里面，远离

最初的爆炸，通过橡子和精子

进入更安静的重复。

你赋予我们能力

提一些无法回答的问题，

让我们瞥见你的样子，

假如你在，却只是无言地站着，

任凭我们无论怎么说。

只有我们的音乐，一种心跳的节奏

---

1 指犹大王国。见 356 页脚注 3。

在你创造的中心，才是对你

最好的诠释？只有艺术

才能描绘你，作为闪电的

指挥大师的形象？如果我

说过什么正确的话，那就是我的诗，

对惊讶的观众，它想郑重宣告

你的到来；不再有

语言的角力，只有一个信号

投射你的身上，然后迅速返回

带着你的核心里不可预测的东西。

承 诺

临睡前我承诺自己
必须更紧迫地处理
那个问题。从无物，
无物出来。从万物背后——
出来何物，何人？起初
是巨大的破坏力，宇宙的底层
散落着碎片。在那巨大的
吵闹之后，鸽子
从何而来？从何样
橡实的脑子，生出这些黑色的
树枝，夜间的思想
在其中迷失了路，返回
昏暗的源头，向前
进入那真理把持的
明亮的城堡？光的距离
失去意义，无法与内部
调和一致。我用我的枪托
与空虚对抗，它远在
天蝎座之外，但方程
并不平衡。没有给情感的

靠垫。热力学的
冷，或这个星球上
别的焚烧——无论怎样
这个物种没有希望。
索福克勒斯和莫扎特
是否足以证明，寻找已经
失败？在星星之外
是更多的星星，也许，在那里
爱、智慧或那匿名者，是忙碌的。

观 鸟

在众多窃窃私语中选择

地中海的牙釉质的

陈词滥调；萨福[1]

和普罗佩提乌斯[2]听着它，

对《每日电讯报》的最新消息

施加影响；观察鸟类

摇摆不定的斜体字

与海洋宁静的目光

竞争。邮政马车

是伟大旅行的

必要辅助；我们搭上

顺路便车，我们的到来

不受欢迎，就像

流感的出现。一千年的

双筒望远镜分离

薄薄的雾霾。其他地方的

眼睛，也许正穿透

1　萨福（Sappho，约前630—约前592），古希腊著名女诗人。
2　普罗佩提乌斯（Sextus Propertius，约前50—约前15），古罗马诗人。

年轻女人怪异的
服装，在这里，只会注意到
化妆品的缺乏正好把
这个女人和另外一个女人
区别开来。有翅膀的神
同意：在一个把飞行
据为己有的世界
还是有人，像我们一样，
相信心灵具有迁徙的
能力，哪怕只是暂时地，
迁徙于平凡和崇高之间。

岛

我还是愿意去那里
只要是为了等待
那真理之花
一生一次的绽放；

哪怕是为了逃避
这买来的自由。
没有钥匙的大海之囚徒，
靠精神的面包和水活着。

沉 默

我们之间的关系

是沉默；仍然感觉

一个被另一个

注视着；我，被一副

巨大的瞳孔，无表情的

脸上的瞳孔，而他，

被一百万个流浪者中的一个，

在黑暗中，在离他的存在

绝不太远的地方。

          这始于

我一直不停地讲话，

重复着教会那一套

陈旧的套话，并相信

这就是祈祷。为什么沉默

就意味着不赞成？絮絮叨叨

停止了，不是突然地，

而是像花朵凋零在霜冻中，

我的请求变少了。我满足于

我自己，以我的哑

回答他的聋。我的舌头

闲置起来，一只钟的

被废弃的铃舌，再也不会

撞击他。

   上帝的情感

是什么？对我的克制

没有赞赏，对我的耐心

甚至没有暗示会有回报。

如果他允许对他说

一句话，比如，委婉地

说出他的名字；我想说的是，

尽管他是威严的，却承认

我的存在。

    然而，在我的周围

有一些生物，他们的耳朵

竖起；古老的教堂画像上的人物，

艺术的常客，他们沉迷的、天真的

脸和头，侧向一边，他们好像

在聆听。啊，可是，在聆听谁呢？

残稿（2002）

传 说

我向圣山爬去
想着天亮时也许会成为
一个诗人或者死人，
但不是成为疯子：
我已经是一个疯子。

从山上下来
撒旦提出交换
条件：用这世界的
王国，换我的诗。
我的疯狂挽救了我。

墓 石

在那里，我和我的诗
几乎跌倒。这样子
许多次，比我的钱袋，
更伤害我的骄傲。

耐心的大地，用我们的骨头
建造你的房子时，请保留
我的这些碎片吧，在更好的
诗人那里，我的骄傲或许可以被治愈。

重 复

再一次我坠入爱河
以此向自己证明
我还年轻。她成了我年老
昏聩的镜子。我想

加给某人的一个词
会变成黄金王座上的
铆钉。我坐上去
仿佛坐进一把电刑椅。

隐 士

隐士大步向前
走进隐居所；他的头脑

如沙漏，沙粒经它
倾泻而下。他徒然

守候着信使们
到来，召唤他

前往教皇的宝座。
风在他的肋骨

生锈的琴弦上演奏
干涩的音乐。有些夜晚

他，年老的亚当，
躺着等待上帝的慈悲

取走其中的一根肋骨，
赋予它一个女孩的肉体。

"去布拉格……"

去布拉格：哦，是的，
看见春天的婚礼
盛开在一片死亡的

天空下。听见时钟
在塔楼里期盼着
布谷鸟的鸣叫。盖世太保

不见了，穿制服的大楼
却还在那里，用一个
人变成甲壳虫的故事

纠缠着我们。
我想象，它就像
欧洲的幽灵

蜷伏在某个角落，倾听着
过路人，它的食物就是
他们对自由所做的一切：虚无。

发射祈祷

小年轻在英雄面前
故作姿态；
老男人
在上帝面前

装腔作势。循环
没有止境，然而
一声祈祷，脱离
理性，冲入

没有角落的
宇宙，离上帝那么近，
仿佛在他的沉着里
打开一个火山口。

"不要问我……"

不要问我；
我没有
写诗秘诀。语言
你知道的，

散文结束之处
便是诗的开始。
餐前圣歌，不应
被归入诗。

听我说这话的人
应该意识到
诗歌不是
现在才发生。

不要咳嗽，
不要叹息。诗
是咒语，在逻辑
缺席之处，用辅音

和元音，编织而成。
不必在意
诗的韵脚，它
只需要忠实于

生命的节奏。
语言，也可能
捉弄你。
句法，是

束缚精神的
词语之途径。诗，
经由心灵
抵达智慧。

译后记

R.S.托马斯的诗歌进入汉语读书界其实已经有些历史了。早在20世纪80年代，我国著名英国文学研究专家王佐良先生就译介过他的诗，因其精湛的译诗引起了诗人和读者的注意。而R.S.托马斯的诗得到中国读者更大的关注则是新世纪到来后的事。在互联网时代，由于阅读的便捷，对于R.S.托马斯诗歌的翻译也可谓"乱花迷眼"，这也在一定程度上说明了R.S.托马斯诗歌的魅力。但是，我常常觉得，对一个大诗人的阅读、理解、翻译，不是一件容易的事，往往意味着需要投入大量的精力，充分和完整地"吃透"不能靠"管窥""浅尝辄止"而实现。R.S.托马斯无疑是20世纪杰出的大诗人。一个世纪过去了，仿佛水落石出，经过了时间的检验，盖棺论定的条件差不多已经成熟，同一时代的诗人也已经或者正在走向"经典化"。当然，这不会是一个短暂的过程，但是一切都只会越来越清晰、越来越明确。

R.S.托马斯通常被定位为主要用英语写作的威尔士民族性诗人（Wales's national poet），但是在退休之前，他并不是一个职业诗人，而是一名神职人员。他的诗歌给我们呈现的是一个极其丰富和充满矛盾的诗人形象，他的人生经历却似乎过于简单。这说明一个人的外在经历可能看似简单，其精神遭际却可能完全不同。

R.S. 托马斯全名罗纳德·斯图尔特·托马斯（Ronald Stuart Thomas），1913 年 3 月 29 日出生于威尔士首府加的夫，父亲是一名海员，全家随之在英国不同的港口城市生活，直到在威尔士安格尔西郡的海港城市霍利黑德定居。R.S. 托马斯在十六岁时进入威尔士班戈大学学习古典文学，毕业后到圣米歇尔神学院进修，1937 年被任命为牧师，前往威尔士与英格兰交界的东北部偏远地区工作。在那里，他认识了艺术家米尔德丽德·埃尔德里奇（Mildred Eldridge），两人在 1940 年结婚。此后，R.S. 托马斯以牧师身份辗转于不同地方任职，一路向西，迁居于威尔士的利恩半岛，退休后也仍居住于此。他的妻子在 1991 年去世，几年后，他娶了第二任妻子，直至 2000 年 9 月 25 日因心脏病逝世。

R.S. 托马斯似乎不算那种一出道就大放光彩的"天才"，早期作品和经历也没有什么惊世骇俗的出格之处，甚至可以说，在诗歌上他给人以大器晚成的感觉。他出版第一部诗集时已经 33 岁，此后他几乎是保持"匀速"每隔几年就问世一部新作。如果以体育竞技作譬，他的长处不在爆发力，而在马拉松式的持久力。到去世前，他已经是有 50 多部著作的人，可谓著作等身，其中大量都是诗集，作品总共有 1600 多首，称得上是"高产诗人"，考虑到其诗歌的优质，称其诗才出众绝非谀辞。有人说，R.S. 托马斯绝无"无聊之作"，此语相当直接地区分了"高产"与"滥造"，我认为是非常准确的。

在我看来，R.S. 托马斯的诗歌无论是题材、主题还是艺术风格，其发生、发展并无明显的分界，但是就整体而言，还是呈现了一种由外向内、由浅入深的变化，这是一个渐进的过程，也是一个递进的过程，它们来得自然而具体。所谓变化并不是陡然的，也不是截然的，在他早期的诗歌里往往埋下了后期诗歌的种子，即形而上诗思的部分，而在后期直至晚年的作品里，他也会时时回顾早期作品里萌芽的素材和主题。这应该是论者将他的诗归于"玄学诗歌"（metaphysical poetry）的一个重要原因。而他的艺术风格，特别是在语言上的表现，是越来越自由、沉稳，却始终不失风趣、精致与严谨。

让我们想象一下，在 20 世纪 30 年代末期，一个年轻人接受过良好的教育，他是一个绅士，因为担任神职而来到一个非常偏远贫穷的乡村，他的使命是传递福音，同时他也极其热爱诗歌，很大程度上又相信艺术乃是生活的意义。这样，一方面是他所受的教育、全部的知识背景与残酷现实之间的矛盾，一方面又是神性救赎与审美救赎之间的难以一致，这中间的落差会带来怎样的心理与精神的刺激？起初，R.S. 托马斯就是这样一个年轻人，我在他身上读到的，就是悲哀震惊、满腹同情却又十分无奈的错综复杂的情感。

威尔士农民物质贫困、精神麻木的生存状态，是 R.S. 托马斯需要面对的第一现实，无论他是作为牧师，还是诗人。

这两种身份在他本来就是合二为一的，矛盾其实也不在这里，而在他的理想、前期准备与此第一现实之间的冲突。自然而然，R.S. 托马斯表现出悲观、失望，有时甚至产生决然放弃的心理。他时而深怀悲悯与无可奈何之感，时而声称"此路不通"，写作"告别词"，但是他并没有真正放弃，他坚持、坚守了一辈子。

也许是时间的作用，"随时间而来的智慧"，也许是诗歌艺术的内在提升，也许就是精神发展的必然逻辑，R.S. 托马斯在出版了前三部诗集后，不再受到那些消极情绪的影响，他的精神越来越开阔，心理状态变得逐渐透亮和达观，他的诗里开始出现幽默、反讽的元素，这应该说是好的、积极的表现。王佐良先生说 R.S. 托马斯不同于当时英国诗坛的众多人物，一是指他没有那么城市化，更主要是说 R.S. 托马斯诗歌的色调不像他们那么灰色，也不黑色（如特德·休斯），而是"像一块白石那样，经过了时间的冲刷而更坚硬又更玲珑"，这是十分形象而准确的评论。王先生注意到的，我想应该是指这一时期的 R.S. 托马斯。第三部诗集《岁月流转之歌》（1955）实为一部带有阶段性总结的选集，囊括了诗人到结集时的全部诗歌精华再加新作（阶段性总结也是欧美诗人的一个习惯）。至此，也就是说到 20 世纪 50 年代中后期，R.S. 托马斯已经奠定了他作为一个成熟、优秀诗人的地位。

在接下来的十多年中，R.S. 托马斯的诗歌写作进入了一个转换过渡的时期，却成就辉煌，达到了个人创作历史上的第一个高峰，主要诗集包括《夜饮谈诗》（1958）、《稗草》（1961）、《真理面包》（1963）、《圣母怜子图》（1966）等。与前期相比，不难看出出版间隔缩小了，换句话，诗集出版更密集了。在这个时期，R.S. 托马斯的诗歌有了两大显著变化：一是历史感的增强，一是形而上维度的突出。他也并没有放弃对眼前现实的关注，农民、日常生活、艺术这些仍然是他写作的一个重要主题；而在他这么做的时候，必然要求诗人深入到历史的纵深地带，这在相当程度上激起了诗人的民族意识；"民族身份"（即民族认同感）的问题开始进入 R.S. 托马斯的诗歌意识和作品，它们也构成了 R.S. 托马斯诗歌里"声音最尖锐"的部分。不过，在诗人的晚期写作里，"尖锐"终于退出，让位于更大更高的关怀。

关于第一点，阅读这些主题的诗歌，不难发现他身上有着激进的民族主义情绪，或者称为民族主义精神。作为一种并不讨好的取向，它不是无缘无故而来，也不是一种故作的姿态，而是跟他的价值观立场紧密联系在一起。在此，R.S. 托马斯跟主流显得格格不入，成为一个民族主义者、一个反潮流的逆行者，甚至进而在诗人内心催生出强烈的自责与内疚感。从根本上说，R.S. 托马斯鄙视英格兰化的单一价值观，对工业化、市场经济体系所代表的社会进程高度怀疑，对殖民文化所造成的威尔士民族身份失落持有深刻的不满。不难发现，在这里也存在一个深刻的矛盾：一方面是威尔士农民在 20 世纪前叶贫困、落后的现实，他对此满怀同情，他赞成改变、改善；一方面却是对古老威尔士生活方式和历史文化传统的留恋。这种深刻的矛盾，也许只能说是诗人的特权，因为正是这种真实的内在冲突，很大程度上构成了诗歌内部最大的张力，催生出他笔下泉涌般的诗歌。

关于第二点，显然可归之于他——作为教士与诗人身份二者合一的宗教性诗人——精神发展的必然。这也是我认为这个时期作为"过渡性"的理由，因为在这之后，这发展趋势就体现得越发明显了。但是，从诗学内在的秘密性质来说，无论形而上的维度如何突出，诗歌的写作却必须进入到一个"现象界"的领域，如果诗人的思想密封在一个纯粹形而上的观念世界，诗歌是不能发生的，那只是属于哲学、神学的专门领域。R.S.托马斯在这一方面的探索，在未来的更长时间里将得到加强，并取得更为丰硕的成果，直到走向另一个创作的高峰。

在整个20世纪70年代，R.S.托马斯表现出持续的创作力，并再造辉煌，至少出版了包括《嗯哼》（1972）、《何为威尔士人？》（1974）、《精神实验室》（1975）、《频率》（1978）在内的重要诗集，这中间，诗人还创作了一部水平不低的儿童诗集《老与少》（1972）。特别值得一提的是，这后两部诗集《精神实验室》和《频率》更多、更明显地倾向于形而上的维度，开始确立起他作为玄学诗人的地位。在英国诗坛，玄学诗有它的传统，但是玄学诗人得到充分重视和高度评价则是T.S.艾略特之后的事。细读R.S.托马斯这一时期的诗，可以肯定，他完美实现了艾略特对"一首卓越的玄学诗"的理解与界定，即"以高明的手法将诗中的感情和思想组合成一个统一体"。"极具体的细节和极高远的玄思的结合"（王佐良语）本就是 R.S. 托马斯的长处，到此不过是发挥到了极致。如果算上 1981 年出版的《此在与此刻》，在这十年之中，R.S. 托马斯的诗歌事业无疑达到了他的第二个高峰。

到这时候，诗人已经从神职岗位退休，他完全进入了一个诗人的专业阶段，这就是笔力不减、成果丰硕的诗人晚期。这个时期的重要诗集包括但不限于《晚期诗选》（1983）、《目的地》（1985）、《阿门实验》（1986）、《复调》（1990）、《艰难时期的弥撒》（1992）、《不与命运女神休战》（1995）等。如果加上诗人没有来得及整理出版的遗稿（从他的这些作品的委托人那里得知，至少有两部诗集的数量），R.S. 托马斯笔耕不辍，展现出了一位大诗人极强的生命力、旺盛的创作力。这首先无疑要归功于他作为诗歌天才的禀赋，同时，也不能不说，勤奋、自觉、呕心沥血的创作努力也是一个重要的因素。比如我看到诗人在开拓题材上的努力，1985 年出版的《向内生长的思想》，包括收录在《此在与此刻》一集中同类性质的"题画诗"，它们既反映出了诗人良好的艺术品味，也是他借对艺术作品的品鉴而扩大写作界面的探索，写出了不少深具见识与想象力的佳作。又比如在 1987 年出版的《威尔士风貌》里，诗人重拾威尔士题材，却又能推陈出新，使他这类题材的诗歌达到了一个新的境界，丝毫不给人"旧瓶装新酒"的感觉。凡此，皆可见出诗人在创新与积累上的自觉探索、精进。译者毫不怀疑，这一阶段，是 R.S. 托马斯在凝聚心血的毕生诗歌创作中达到的第三个高峰。

在这些诗歌作品里，R.S.托马斯作为牧师的身份色彩减少了，职业诗人的特点则更鲜明可感，作为神学底子的严肃性还在，作为诗学翅膀的想象力则飞得更高、更有力。与隐秘上帝的对话、对至高存在的独白式倾诉，仍然是念兹在兹的主题，它们构成作品的宗教性问题，也是其玄学诗歌的终点，却远不是全部；换句话说，作者在其中体现的理智远多于激情，诗歌打开的智性空间与想象空间远多于对信仰本身的抒发。如果说抒发信仰之坚定与虔诚的诗是动人的（如东欧一些诗人），表达信仰与虚无的对抗的诗、抒发信仰者内心之犹疑与挣扎的诗（R.S.托马斯显然如此），不也同样动人么？衡量的一个关键，难道不是真实与否、思想与艺术之境界的高低吗？我不能说前者是缺少现代意义的，但是我更倾向于认为后者更具有现代性，因为在我们这个被米沃什称为"后宗教"的时代，带着怀疑、纠结、挣扎的信仰，可能更接近最多数人的精神状况。

R.S.托马斯的神学思想说不上正统，但是也没有走到离经叛道的地步，透过他的诗歌所体现出来的，有理由认为那些大体上属于现代条件下近似于有神论存在主义的哲学思想，如他推崇并一再提及的索伦·克尔凯郭尔。于此，读者大有可以挖掘和探秘的宝藏，笔者不过在此提供一点线索。说到底，诗歌也不是全靠这样那样的思想而写成，携带情感与想象力的语言本身才是第一位的。

R.S.托马斯的诗学思想也不属于正统。他使用现代英语，他的诗歌语言接近口语而不排斥优质的书面语，在品质上它们向来素朴、直接而明晰，绝少晦涩、深奥难懂，虽然他的情感色彩常常变幻不定，无论悲悯、愤怒、孤独、挚爱还是平和、宽容，甚至幽默的讽刺和自嘲，都是十分容易理解的。他不玩弄语言，不卖弄诗歌技巧，对诗歌的品味有着严格的要求，不从俗也不以高雅自居。他的想象力带来诗作的跳跃性，语言富有内在的节奏感，而不依靠外在的押韵。总之，无论内容还是形式上，他始终都保持着自然得体、节制与严谨。

R.S. 托马斯一生获得过众多诗歌荣誉，如 1955 年的海涅曼奖（Heinemann Award）、1964 年的女王诗歌金奖（Queen's Gold Medal for Poetry）和 1978 年的乔蒙德利奖（Cholmondeley Award），还曾四次获得威尔士艺术委员会的文学奖。1996 年，他被授予兰南基金会（Lannan Foundation）的诗歌终身成就奖和巴伐利亚艺术学院的霍斯特·比内克诗歌奖（Horst Bienek Prize for Poetry），还被提名 1996 年诺贝尔文学奖。而这一年诺贝尔文学奖获得者是波兰女诗人希姆博尔斯卡，此一年前获奖者是爱尔兰诗人谢默斯·希尼，R.S. 托马斯的落选并不说明他比他们差，他们同是我们这个时代的诗歌巨匠、艺术大师。

最后，关于本译诗选所依版本作一说明。R.S. 托马斯著述甚丰，如何选择是一回事，签约引进哪个版本的版权又是一回事。令人高兴的是，出版方签下的是诗人亲定的"自选集"，即《诗集：1945—1990》（*Collected Poems 1945-*

1990）和《晚期诗集：1988—2000》（*Collected Later Poems 1988-2000*），它们涵盖面广，毫无疑问代表了诗人终身的诗歌成就，不过全部出版的话，规模过大，权宜之下决定出版一个精选本。那么，如何精选？这就需要拿出一个标准。本文开头说到过"经典化"的问题，好在有现成的依据，这就是企鹅经典版的《R.S. 托马斯诗选》（*Selected Poems* by R.S. Thomas, 2004）。这部诗选规模适度，决定参考其选诗的篇目。不过 R.S. 托马斯的企鹅经典版更多侧重于诗人中后期作品（这其实也是译者特别偏爱的部分），前期作品仅占区区七十多页。为了平衡，译者在慎重考虑之后，增加了一些企鹅经典版所无、而"自选集"里已有的篇目；同时，对企鹅经典版未收录的另外几部作品里的诗，也根据"自选集"的顺序做了适当的补充。增加的结果却是又造成了作品数量过多，于是从五百多首减少到近三百首。至此，应该说既能整体代表诗人创作的全貌，又能集中呈现出作者创作的精华。因此，本译本在体量上大于企鹅经典版的《R.S. 托马斯诗选》，而小于作者大规模的"自选集"。所以，不妨客观地说，这是一个压缩版的"自选集"，也可说是企鹅经典版《R.S. 托马斯诗选》的一个扩展版。

译者自知缺憾与不足在所难免，但也自感尽了最大努力，在此，诚恳希望得到读者、诗人和译家的批评、指正。

李以亮

2023 年 1 月于武汉

图书在版编目（CIP）数据

　一只乌鸦在歌唱：R.S.托马斯诗选 /（英）R.S.托马斯著；李以亮译 . -- 北京：北京联合出版公司，2024.3
　ISBN 978-7-5596-7327-5

　Ⅰ.①一… Ⅱ.① R… ②李… Ⅲ.①诗集—英国—现代 Ⅳ.① I561.25

　中国国家版本馆 CIP 数据核字 (2023) 第 241383 号

一只乌鸦在歌唱:R.S.托马斯诗选

作　　者：[英] R.S.托马斯
译　　者：李以亮
出 品 人：赵红仕
策划机构：雅众文化
策 划 人：方雨辰
特约编辑：陈雅君　廖　珂
责任编辑：龚　将
装帧设计：方　为

北京联合出版公司出版
（北京市西城区德外大街83号楼9层　　100088）
北京联合天畅文化传播公司发行
山东临沂新华印刷物流集团有限责任公司印刷　　新华书店经销
字数108千字　　1092毫米×860毫米　　1/32　　15印张
2024年3月第1版　　2024年3月第1次印刷
ISBN 978-7-5596-7327-5
定价：98.00元